KB075171

당근에 너를 보낼래

당근에 너를 보낼래

고등어 작가의 중고거래 실전기

고은규 에세이

청색종이

들어가며

  소녀시대 유리와 수영, 배우 한가인과 천우희가 중고거래에 대한 경험을 이야기했다. 특히 한가인 씨와 같은 유명 연예인이 원하는 물건을 싸고 빠르게 구할 수 있어 중고거래 어플을 자주 이용한다는 고백은 인상적이었다.

  서초구청은 주민들의 안전한 중고거래를 위하여 반포4동에 '우리 동네 안심 거래존'을 마련했고 제주도는 주민의 95퍼센트가 중고거래 경험이 있다고 한다. 섬 지역의 특성상 거래가 활발하게 이루어질 요인을 갖추었기 때문에 가능한 수치일 것이다. '소비의 천국'이라는 미국에도 중고거래 플랫폼 '넥스트도어'가 있고 이미 세계적 기업으로 성장한 상태다.

  종합해 보면 국내뿐 아니라 해외에서도 적지 않은 사람들이 어플을 이용해서 중고거래를 하고 있다고 해도 무리가 아닌 걸로 보인다.

중고거래는 경제성뿐 아니라 게임과 같은 오락적 특성을 띠고 있다. 신기하게도 하나의 물건이 나를 떠나거나 혹은 원하는 물건이 내 손에 들어올 때 묘한 희열을 느끼게 된다. 마치 미션을 클리어했을 때처럼.

나는 주로 오전에 글을 쓰는데, 구글시계를 이용하여 45분 쓰고 15분 쉬는 방식으로 4시간에서 5시간 작업을 한다. 요즘 그 15분 동안 내가 가진 물건을 정리할 때가 많다. 어느 날은 화장대 서랍만, 어느 날은 우리 가족 양말만, 어느 날은 고양이 용품만 꺼내 놓는다. 이 물건은 나에게 필요한가, 필요하지 않은가. 필요하면 다시 서랍에 넣는다. 그러나 2년 동안 한 번도 안 쓴 물건은 팔거나 나누려 한다.

이불장을 연다. 이불이 이렇게 많은데, 차렵이불과 침대 시트를 또 구매하다니! 주방 수납장을 연다. 요리를 잘하는 것도, 자주 하는 것도 아니면서 새로 나온 신박한 조리 도구에 왜 나는 눈이 홀려서 이렇게 잔뜩 쌓아두게 됐을까. 사과란 깨끗이 씻어 껍질째 먹어야 한다고 생각하는 사람인데, 도대체 사과를 8등분 하는 슬라이스 커팅기는 왜 산 것일까. 그뿐이 아니다. 집에서 고기를 얼마나 자주 구워 먹는다고 고기 굽는 그릴은 왜 이리 많은지 모르겠다.

도대체 나에게 소비란 무엇인가. 이 질문에 어느 정도 답을 찾았을 때 나는 열심히 팔고, 틈틈이 나누는 사람이 되어 있었다.

당근마켓에서만 220여 건의 거래를 했고 후기를 받은 건 198건이다. (23년 8월 9일 기준) 낯선 사람과의 거래가 머쓱하기 때문에 물건과 돈을 빠르게 주고받고 줄행랑을 치듯 헤어진 적이 대부분이다. 이 책에는 그 220여 건의 거래 중 기억에 남는 40건에 대한 이야기가 쓰여 있다.

거래를 하기 위해 사진을 찍고 글로 적는 시간 동안 물건에 얽힌 크고 작은 일들을 떠올렸다. 흐뭇할 때도 있고 아쉬울 때도 있었다. 그러나 나는 그 물건이 내 수중에서 사라져도 내가 찍은 사진과 글이 있기 때문에 여러 일들을 상기할 수 있을 것이다. 추억의 물건들을 다 가지고 있을 순 없었다. 기억이 언제까지고 형태를 갖추고 있는 것은 아니듯이.

종종 SNS에 하이퍼 로컬 기반의 중고거래에 대한 긍정적인 에피소드를 포스팅하곤 했다. 한 지인은 뭘 그리 복잡한 일은 하느냐고 자신은 죽었다 깨어나도 그런 번잡스러운 일은 못한다고 했다. 또 몇몇 분은 사기 거래로 피해를 입을까 봐 무섭다고 했다. 나 역시 그렇게 생각하던 사람이었다. 하지만 물건이 매개가 된 '작은 도전'을 반복하다 보니 중고거래를 하기 전과 중고거래를 하고 난 후의 생활 환경과 소비에 대한 태도가 눈에 띄게 달라져 있었다. 우리 집에는 필요 이상 쟁여 두는 물건이란 찾을 수 없게 되었고 집에 오래 머물러야 하는 나는 내가 머무는 공간에서 진짜 주인이 된 느낌이었다.

2023년 7월 내가 이용하는 중고거래 플랫폼의 가계부에는 이런 문장이 쓰여 있다. '꽃뫼댁' 님의 한 달 동안의 거래는 소나무 6그루를 심고, 자동차 4,164㎞를 덜 타고, 에어컨 1,163시간을 끈 것과 같은 가치를 가진다고. 너무 과한 평가가 아닌가 싶기도 했지만 개운하고 뿌듯한 기분은 숨길 수 없었다.

정확한 독해를 위해 애칭 참고!

고등어 (저자)
남 집사 (남편)
고도리 (아들)
도담이 (첫째 고양이)
레담이 (둘째 고양이)
순풍이 (무지개다리 건넌 강아지)

당근에 너를 보낼래
고등어 작가의 중고거래 실전기

고은규 에세이

첫 온도 36.5°C   **66.5°C**
▼

1부

팔다

아는
여자들

이 글을 쓰기 전 나는 한 여성 커뮤니티에 마론 인형에 대해 기억하는 분이 있느냐는 게시물을 올렸다. 내 또래의 여성들이 마론 인형에 대한 흐뭇한 추억담을 쏟아냈다. 누군가는 마론 인형을 '마루인형'이라고 했고 또 누군가는 자기 동네에서는 인형이 말라서 '마른 인형'이라고 불렀다는 것이다. 말라서 마른 인형이라니. 나는 깔깔 웃었다. 그런데 내가 살았던 마포구 노고산동에서는 '마로니 인형'으로 불렸다.

마론 인형은 바비 인형의 한 종류였고 미스 유니버스 '마렌'의 이름에서 따온 것이다. 바비인형은 1959년에 탄생하여 단시간에 35만 개가 팔린 히트 상품이다. 그 마론 인형이 한국에서도 많은 인기를 끌었던 게 분명하다. 내 기억에 꽤 오랫동안 문방구마다 인형 옷을 판매했고 심지어 길거리 좌판에서도 인형 옷을 파는 사람을 흔히 볼 수 있었다.

처음 마론 인형을 갖게 된 건 여중생이었던 언니 덕분이었다.

"아빠한테 마로니 인형을 사 달라고 해봐."

"그게 뭐야?"

"예쁜 인형이야. 꼭 사 달라고 해."

나는 7살이었다. 엄마가 바쁠 때 언니의 보호 아래 유아동기를 보냈다. 언니는 성격이 유순하고 나에게 다정했기 때문에 나는 언니를 병아리처럼 따라다녔다. 마로니 인형이 뭔지도 모르는 상태에서 언니 말만 듣고 아빠에게 간절하게 말했던 것 같다. 마흔 중반에 낳은 늦둥이 막내딸이 두 손을 맞잡고 눈을 반짝이며 마로니가 꼭 갖고 싶다는 말을 했다면? 인형 같은 게 왜 필요하냐고, 인형보다 책이 더 필요하지 않겠느냐고 되물어야 할 아빠가 퇴근길에 그 인형을 사가지고 오셨다.

그때의 기쁨은 말로 표현하기 어려웠다. 인형을 손에 넣은 것도 그렇지만 내 바람이 금세 이루어졌다는 것에 환희를 느꼈던 것 같다. 한 번도 본 적 없는, 내 손에 들어온 그 낯설고 신기한 인형 덕분에 한동안은 매일이 즐거웠다.

나만큼 우리 언니도 동생의 마로니 인형 보는 걸 좋아했다. 지금 생각해 보니 언니가 대리 만족을 했던 게 아닐까 싶기도 하다. 이 글을 쓰다가 언니에게 전화를 걸었다.

"언니 기억나지? 내 마로니 인형."

"기억나지. 내 용돈 다 털어 네 인형 옷 사줬잖아."

기억력이 좋은 편이 아닌 언니인데도 인형 옷 사준 건 정확히 기억을 했다. 이야기가 조금 새는데, 사실 언니는 인형 옷뿐만 아니라 예쁜 머리끈을 사서 동생의 머리를 묶어 주곤 했다. 언니는 디자인을 전공했는데, 언니의 예술 세계는 이미 7살 어린이의 머리 위에서 다 실현이 된 게 아닌가 싶을 정도였다. 묶고, 따고, 꼬고, 리본을 다는 것도 모자라 어떤 날은 비녀까지 꽂았다. (ㅡㅡ;) 결과물에 대해 나는 대체로 만족을 하다가도 가끔은 내 머리 위의 너무나 독창적인 예술 세계가 어색하기도 했다.

하루는 언니와 신촌역 인근의 화구점에 들렀다가 집에 오는 길이었다. 마침 육교 위에 좌판을 깔고 인형 옷을 파는 아주머니가 있었다. 언니와 나는 이것저것 구경을 했는데, 얼마 뒤 언니가 이제 그만 가자고 했다. 그런데 어림도 없는 일이었다. 나는 언니가 화구점에서 물건을 사고 잔돈을 받은 걸 알고 있었다. 나는 떼를 부려 인형 옷을 사 달라고 했고 언니는 내 고집을 꺾지 못하고 가장 가격이 싼 투피스를 한 벌 사주었다.

동생으로부터 용돈을 지키기 위한 나름의 방책이었을 것이다. 엄마가 원단을 파는 일을 해서 집에 자투리 천이 많았기 때문에 언니는 그 자투리 천으로 인형 옷을 만들어 주었다. 천이 빳빳한 모직이라 하늘하늘한 드레스를 만들기가 어려웠던 것일까. 그래서 언니가 완성한 것은 레이스가 하나도 없는, 커리어우먼이 입음직한 오피스룩이었다.

동네에서 마로니 인형을 처음으로 산 아이는 나였지만 이후에 내 인형을 보고 또래의 여자아이들도 하나둘 마로니 인형을 구매하기 시작했다. 내가 살던 동네는 서울이었지만 엄마 말에 따르면 가난한 서민이 사는 달동네라고 했다. 그 가난한 동네의 아이들 중 상당수가 마로니 인형을 가지고 있었다.

그러나 내 눈에는 내 인형이 가장 예뻤고 금발 역시 가장 아름답게 빛났다. 아이들은 물놀이에 자신의 인형을 끌어들이고 마지막은 비누로 인형의 머리를 박박 감겼다. 그 애들은 다 뜻이 있어서 한 행동이겠지만 어떻게 됐겠는가. 인형 머리카락은 회복 불능의 쑥대머리가 되었다. 아무리 촘촘한 빗으로 머리카락을 빗겨도 번개를 맞은 형상이었다. 나는 진작 알고 있었다. 언니도 어렸을 때 인형 머리카락을 물에 빤 적이 있었는데, 머리카락이 엉망이 됐다고 했다. 그래서 나는 인형을 씻길 때 머리카락에 물이 닿지 않게 손

수건으로 꼭꼭 싸매는 수고를 잊지 않았다.

한동안 마론 인형은 내 보물 1호였다. 그러나 청천벽력 같은 일이 일어났다. 밖에서 놀다가 인형을 두고 집에 온 것이다. 아주 잠깐이었다. 돌아가 보니 내 인형은 자취도 없이 사라졌다. 노을이 질 즈음 인형이 사라진 자리에서 나는 울먹이며 발을 동동 굴렀다. 언니가 내 손을 잡고 밤늦게까지 여기저기를 함께 다녀 주었지만 찾을 수 없었다. 나는 만나는 아이들마다 물어보았다.

"나 인형 잃어버렸어. 내 인형 혹시 못 봤어?"

아이들 대부분이 자기 일처럼 걱정을 했다. 그리고 몇몇은 인형 찾는 일을 자청해서 도와주기도 했다. 내 고통스러운 마음을 그 아이들도 이해했기 때문일 것이다. 그런데 인형이 사라지고 거의 일주일이 지났을 즈음 한 아이가 말했다.

"나 OO이 가지고 노는 거 봤어."

OO이는 나보다 한두 살 어린 여자아이였다. 정보원의 제보로 나는 그 아이가 사는 집으로 달려갔다. 구멍가게 옆에 낡은 집이 한 채 있었는데, 커다랗고 육중한 나무문이 달려 있었다. 나는 그 애를 찾기 위해 문을 열었다. 어두컴컴했고, 자세히 보니 아래로 내려가는 나무 계단이 있었다. 어떻게 집을 지은 건지 반지하도 아닌 빛 한 점 없는 지하실이었다.

계단을 다 내려오니 천장의 백열등이 희미하게 불을 밝혔고 왼쪽 벽면에는 연탄이, 오른쪽에는 일정한 간격의 미닫이문이 3개 달려 있었다. 미닫이 앞에는 작은 툇마루가 쭉 연결돼 있었는데, 나는 아이들의 신발 두 켤레가 놓인 쪽의 미닫이를 두드렸다. 곧 문이 열렸고 내부가 드러났다. 아주 작은 방이었다. 방 안에 있던 여자아이가 조금은 당혹스러운 눈으로 나를 올려다보았다.

"인형 찾으러 왔어."

나는 그 애의 대답을 듣기도 전에 바닥 한편에 누워 있는, 그리고 한눈에 봐도 때에 찌든 내 마로니 인형을 찾을 수 있었다.

"저거 내 거야."

왜 그랬는지 모르겠다. 그 상황에서 그 애가 무안해할까 봐 나는 기어들어가는 목소리로 말했다. 그 애는 미안한 얼굴을 하며 나에게 인형을 주었다. 나는 인형을 가지고 그 지하실에서 다시 계단을 밟고 올라와 커다란 나무문 밖으로 나왔다.

지하에서 벗어나 지상으로 올라오자 인형을 찾았다는 안도감과 함께 이상한 서글픔 같은 걸 느꼈다. 그리고 소매가 펑 젖도록 울었다. 어린 내가 그때 느낀 그 복잡한 감정이 무엇인지 아직도 설명하기 어렵다.

해 아래에서 보니 인형은 더 엉망이었다. 얼굴은 검댕이 묻어 있었고 머리카락은 정말 쑥대밭이 돼 있었다. 그 애가 목욕을 시킨 게 분명했다. 언니가 속상해하는 나에게 엄마의 콜드크림을 덜어 주었다. 검댕이 묻은 얼굴과 몸에 콜드크림을 발라 마사지를 해주었다. 검댕이 일부 지워지기는 했지만 예전의 모습으로 회복이 되지 않았다. 나는 인형을 볼 때마다 속이 상했지만 신기하게도 그 여자애가 밉지 않았다.

중학생이 됐을 때 엄마는 내 허락 없이 마로니 인형을 이웃집 초등학생한테 주었다. 내가 그 사실을 알고 화를 발끈 냈는데, 엄마는 중학생이 그런 게 왜 필요하냐고 해서 나는 광분했다. 그러나 광분해 봤자 돌아오는 건 꿀밤이라 더는 뭐라고 하지 않았지만 이웃집 아이가 내 인형을 가지고 노는 걸 볼 때마다 마음이 쓰렸다. 그 애가 중학생이 되자 그 인형은 또 다른 집 아이에게 넘어갔다고 한다.

2003년이었다. 한 쇼핑몰에서 추억의 바비 인형 특별전이 있었고 1971년에 출시되었던 바비 인형을 재현한 상품이 판매되었다. 그 인형은 내 기억의 마로니 인형과 생김새가 거의 같았다. 나는 인형을 구매했고 싸이월드와 블로그에 마로니 인형 사진을 여러 장 포스팅했다. 한동안 옛 추억이 떠올라 흐뭇했다.

이번에 짐을 정리하며 나는 20년이 된 이 추억의 마로니 인형이 누군가에게 가도 좋겠다고 생각했다. 추억을 다 소지할 수는 없지 않은가. 나는 마로니 인형에 대한 글을 썼다. 이제는 헤어져도 괜찮은 시간이다.

당근마켓에 물건을 올리고 한 일주일 지났을 때 사고 싶다는 사람이 나타났다. 자신이 어릴 때 가지고 놀던 인형과 똑같이 생겨 꼭 갖고 싶다는 것이다. 그 톡을 보자마자 어찌나 반갑든지 "어머, 친구야!" 할 뻔했다.

어쩌면 내 물건을 산 사람이 다른 누군가에게 그 인형을 또 팔지도 모른다. 나는 그저 하나만 당부하고 싶다.

"마로니의 생명은 머릿결이거든요. 부디 그 머릿결은 잘 유지시켜 줬으면 좋겠어요."

#케냐청년 #분홍가슴파랑새 #캐논D5300

나는 당신에게
가겠다

2020년 초가을, 많이 늦은 밤 렌즈를 사겠다는 톡을 받았다. 내가 내놓은 건 탐론 매크로 렌즈와 시그마 광각 렌즈였고 '풀박'이었다. 야생화 사진에 잠시 관심이 있어 니콘 바디와 함께 구매한 렌즈였는데, 사용을 자주 안 해 흠집 없이 깨끗했지만 연식은 오래된 것이었다.

이런 물건이 있을 것이다. 불편함을 유발하는 물건. 마치 헬스클럽을 등록해 놓고 잘 이용을 안 했을 때와 같은 기분이랄까. (부끄럽지만 나는 여러 헬스클럽에 '기부'를 많이 한 이력이 있다.)

나는 렌즈 두 개를 당근마켓에 올렸다. 가격 책정을 하기 어려워서 원하는 가격을 제안하라고 써놓았다. 문의를 한 사람은 대뜸 렌즈 두 개를 10만 원에 사겠다고 했다. 나는 렌즈가 우리 집을 떠나길 바랐기 때문에 그의 제안을 수락했다. 그런데 그의 아이디와 말투가 이상했다. 일단, 그의 아이디는 '그녀는 죽었다'를 연상케 하는 단어였다. 게다가 이렇게 톡을 보냈다.

> - 나는 당신의 렌즈를 사겠다.
>   (왜 반말이죠?)
> - 나는 당신에게 가겠다.
>   (아니, 지금이 몇 신데…?)
> - 당신은 나에게 주소를 알려 주십시오.
>   (아, 이 사람 번역기를 돌렸구나)

  나는 그의 아이디가 굉장히 거슬렸기 때문에 실례지만 아이디가 무슨 의미냐고 물었다. 그는 친구의 아이디라 무슨 뜻인지 모른다고 했다. 나중에 알고 보니 '그녀는 죽었다'와 아무 관계가 없는 의성어였다.

  다음 날, 우리는 테니스장 벤치에서 만나기로 했다. 초가을이었지만 매우 더운 날이었다. 그는 약속시간보다 조금 일찍 도착했다는 톡을 보냈다. 하지만 내가 나갔을 때 테니스장에는 아무도 없었고 약 20미터 떨어진 경비초소

앞 벤치에 하늘색 셔츠와 곤색 바지를 입은 경비 아저씨만
앉아 있었다.

  - 안 계신데요.

  - 나는 왔다.

아파트 출구 쪽으로 걸어가다가 문득 경비 아저씨를 보
았다. 하늘색 셔츠와 곤색 바지를 입은 사람은 경비 아저씨
가 아니라 외국인 청년이었다.

"혹시 당근?"

그가 한국어를 알아듣고 환하게 웃으며 "네!"라고 말했
다. 나는 영어로 말하는 건 조금 어렵다고 말했고 그 역시
한국어는 듣기만 가능하다고 했다.

갑자기 진땀이 흐르기 시작했다. 일단 커뮤니케이션은
번역기가 해결을 해줘서 문제가 안 됐는데, 너무나 오랜만
에 DSLR 카메라를 보니 뭘 어떻게 만져야 하는지 모르겠
는 것이다.

내가 무능하게 느껴질 때가 바로 이런 때이다. 기계를 보
면 망연자실해진다. 설명서라도 꼼꼼히 읽어야 하는데, 설
명서 읽는 건 왜 그리 싫은지…. 그러니 더 더 기계 사용을
못 하는 악순환을 겪는 것이다. 나는 그의 카메라 바디에

내 렌즈를 끼우기 위해 애를 썼다.

차칵.

이렇게 속 시원한 소리가 또 있을까. 홈과 홈이 만나 완전한 결합을 알리는 소리 말이다. 지금도 무슨 원리와 이치로 그게 끼워졌는지 모른다. (그게 무슨 또 원리와 이치까지 필요한 일이냐고 따지지 말자. 나는 그때처럼 또 땀이 날 수 있다.)

나는 호기롭게 줌인 줌아웃을 하고 셔터를 눌러 사진을 팡팡 찍었다. 그에게 카메라를 건네주니 그도 이렇게 저렇게 테스트를 한 후 만족감을 표했다.

우리는 그늘 아래에서 번갈아 안도의 한숨을 쉬었고 마침 가을바람이 불어왔다. 그는 케냐가 고향이고 아주대학교에서 단기 연수를 하고 있다고 했다. 다음 달에 집으로 돌아가는데 사진 찍는 것이 좋아 카메라를 옥션에서 중고로 샀고 그에 맞는 중고 렌즈를 당근마켓에서 찾았다고 했다. 나는 엄지를 들어 보였다. 나라면 어땠을까. 낯선 나라에서 현지인과의 중고거래라니, 꿈도 꾸지 못할 일이다.

매크로 렌즈를 테스트했으니 이젠 광각 렌즈 차례였다. 그의 카메라를 집었다. 그런데 그가 단호히 "노!"라고 말했다. 그는 매크로 렌즈 하나만 파는 줄 알았던 모양이다. 나는 이 광각 렌즈까지 포함된 것이라고 하니 청년이 매우 기뻐했다.

그는 나에게 렌즈값을 주었다. 나는 반만 받겠다고 했다. 케냐 청년이 한국어로 "아, 감사합니다."라고 또박또박 말했다. 그가 한가하다면 우리 집에서 시원한 아이스티 한 잔 마시고 가라고 하고 싶었다. 그러나 내 지나친 친절이 그에게 좋을 것 같지 않았다.

내가 이 청년에게 유독 호의를 느낀 건 그의 조국이 케냐인 이유도 있었다. 케냐는 가보고 싶지만 아직 못 간 나라이기 때문이다.

"우리 아프리카에 가자."

"아프리카 어디?"

"케냐!"

나는 29살이었고 정신적으로 많이 피폐해 있을 때였다. 케냐에 가기로 한 그 약속은 끝내 지켜지지 않았지만 당시 내 친구가 나에게 그렇게 말해 주는 것만으로도 설레고 신이 났다. 우리는 노트에 케냐 여행에 대한 계획을 빽빽하게 채웠다. 많은 시간이 흘러 그 친구는 이제 노트만 남기고 이 지구에 없지만 종종 그가 떠오를 때마다 "잘 지내지?"라고 소리 내어 말하게 된다.

3년이 지났는데도 종종 케냐 청년이 생각나고 그가 중고로 샀다는 출시된 지 10년이 넘은 캐논 카메라가 망가지지는 않았는지, 그리고 만만치 않게 연식이 오래된 내 렌즈들도 쓰임을 다하고 있을지 궁금하다.

케냐의 국조는 '분홍가슴파랑새'다. 새의 몸은 팔레트에 예쁜 색만 모아 놓은 것 같다. 그 청년이 카메라에 담아낼 색감도 케냐의 국조처럼 다채롭고 찬란했으면 좋겠다. 그러고 보니 케냐 청년이야말로 그 분홍가슴파랑새처럼 귀여운 인상이었다.

남편들은
모른다

몇 해 전, 미용에 관심이 많은 지인 K가 너는 얼굴에 무얼 했길래 그렇게 빵빵하냐고 물었다. 나는 순간 당황했지만 나도 모르게 '맥톡스'를 주기적으로 맞는다고 답했다.

뭔가 새로운 시술인 줄 알았는지 K는 궁금해하는 눈빛으로 그건 뭐냐고 물었다.

"음, 맥주 마시고 자면 얼굴이 빵빵해지지. 탄력에는 맥톡스 추천한다."

K는 어이없어했다.

한 손에 막대 잡고 다른 또 한 손에 가시 쥐고

늙는 길 가시로 막고 오는 백발 막대로 치려 하니

백발이 제 먼저 알고 지름길로 오더라.

13세기의 문인 우탁이 쓴 늙음을 한탄하는 시조이다. 무슨 수로 노화를 막는가. 우탁의 늙음에 대한 해학적 인식은 21세기를 사는 내가 읽어도 고개를 끄덕이게 한다. 그런데 모처럼 만난 K가 늙음을 물리치는 '막대'와 '가시'를 득템하고 나타난 것이다. 나이를 거꾸로 먹는 것 같은 K가 나에게 말했다.

"요즘은 젊고 예쁜 선생님이 인기가 있어."

"……"

"너도 얼굴에 돈 좀 써."

"……"

돌려 말하는 법이 없는 K의 지적에 의연했던 나였지만 그날은 잠시 뭐에 홀렸던 것 같다. 나는 K가 추천한 보템 고주파 프로페셔널 마사지기를 10개월 무이자로 구매했다.

며칠 뒤, 남 집사가 나에게 택배가 왔다며 큰 박스를 하나 가져다주었다. 기다리던 마사지기였다. 박스를 여니, 밥솥만 한 본체와 그 본체와 연결해야 하는 세탁기 배관 호스 같은 것이 나왔다. 얼굴에 직접 닿는 여러 개의 피스를 그

세탁기 줄 끝에 연결해 쓰는 거였는데, 아아! 내 마음이 이보다 번잡스러울 수 없었다.

물건을 살펴보던 남 집사가 혼잣말처럼 말했다. "얼마 못 쓴다에 레담이 코털 건다." 나는 그 말에 발끈해서 "나, 이거 망가질 때까지 쓸 거야!"라고 받아쳤다. 남 집사는 또 심드렁하게 말했다. "그럼, 다행이지⋯."

런닝 머신과 헬스 자전거가 의류 거치대로 용도 변경이 된 아픈 기억이 있다. 그래서 더더욱 10개월 무이자로 산 이 마사지 기계가 어느 구석에 방치돼서는 안 될 일이었다.

그러나 나는 물건을 딱 다섯 번 쓰고 충동적으로 구매한 것을 반성했다. 그도 그럴 것이 나는 오전에 글 쓰고, 오후에 생업 활동을 위해 약장수처럼 종일 떠든다. 저녁에 집에 오면 정말 손가락 하나 까딱하기 힘들 만큼 녹초가 될 때가 많았다. 그런데 마사지를 하려면 반드시 해야 할 일들이 있었다. 일단 화장을 지우고, 편안한 실내복으로 갈아입고, 밥솥(!)을 꺼내고, 배관 호스(!)를 연결하고, 적당한 피스를 선택한 후 기계의 전원을 켠다. (그 전에 마사지 젤을 원하는 부위에 충분히 발라야 한다.) 이 과정이 끝났다면 본격적으로 피스를 얼굴에 문질러야 하는데, 기계를 작동시키는 순간부터 그 소음이 만만치 않았다. 이 일련의 과정이 나는 되게 피곤하게 느껴졌다. 노동을 하고 와서 또 노동을 하는 기분이랄까.

'마사지는 남이 해주는 게 최곤데.'

하지만 남 집사가 "거봐라! 내 그럴 줄 알았다!"라고 말하는 것을 보고 싶지 않았다. 그래서 밥솥과 호스를 연결하고 하는 척만 하다가 잠이 들어 버린 적도 있었다.

"마사지했구나!" (그만 좀 묻지…)

"응, 어제 했어!"

"어쩐지 얼굴이 좀 날렵해진 것 같아." (칫!… 안 했거든.)

그런데 레담이가 기기에 붙은 전선을 물어뜯으려고 해서 옷장 안으로 마사지기를 넣어야 했다. 결국 마사지기가 눈앞에 안 보이니 자연스레 더 안 쓰게 되었다. 어느 날 통화 중에 나는 K에게 아직도 마사지기를 쓰냐고 물었다.

"아, 동생 줬어. 나한테 잘 안 맞더라고. 나 요즘 리쥬란이란 주살 맞아. 진짜 저 세상 갈 만한 고통이지만 효과는 엄청나다. 너도 해봐."

"야!!!!"

나는 알 수 없는 분노가 아닌, 후련함을 느꼈다. 전화를 끊고 장롱 안에 넣어 둔 마사지기를 꺼냈다. 레담이가 세탁기 줄을 보더니 또 마구 달려들어서 나한테 궁둥이를 한 대 맞았다. 나는 상품 사진을 찍어 당근마켓에 올렸다. 가격은 최초 구매가격의 70퍼센트였다. 하지만 사람들은 관심만

표하고 문의를 하지 않았다. 10퍼센트 정도 가격을 내렸지만 여전히 문의가 없었다. 다시 10퍼센트를 내렸더니 물건을 사겠다는 사람이 나타났다. 제품에 대해 잘 아는 사람이었다. 그분은 당장 사고 싶은데, 가격이 고민이라고 했다. 그런데 내가 당근에 마사지기를 판다는 걸 안 남 집사가 말했다.

"그 가격에 파는 건 너무 손해야. 팔지 말고 그냥 둬. 내가 해줄게."

"마사지를?"

"응…!"

"아, 부담스러워."

"진짜 해줄게."

"됐고. 내가 개어 놓은 옷이나 본인 서랍장에 넣어 줘. 지금 이틀째 식탁 위에 있어."

마사지기는 최초 구매가의 40퍼센트 가격에 판매를 하기로 결정했다. '배관 호스'에 레담이의 이빨 자국이 몇 군데 보였기 때문에 양심적으로 가격을 깎아 주었다. 그런데 남 집사가 신경쓰였다.

"나 ○○원에 팔기로 했어."

"진짜? 산대?"

"응."

"그럼 팔아야지."

나와 구매자는 휴대폰 자판이 느려 전화 통화를 하기로 했다. 공교롭게도 그분 역시 나처럼 남편이란 복병이 있었다.

"일요일쯤 시댁 들렀다가 집에 가는 길에 가져갈 수 있어요. 근데 저희 남편이 같이 갈 건데, 그때 가격 얘기는 하지 말아 주세요. 제가 아주아주 싸게 산다고 할 거거든요."

"헉… 저도 마찬가지예요. 저는 아주아주 비싸게 판다고 했어요."

나는 그분과 공범이 된 것 같았다.

일요일 오후 접선 장소는 우리 집이었다. 전자 기기이기 때문에 전원을 켠 상태에서 작동이 잘 되는지 확인을 시켜 준 후 물건을 팔아야 귀찮은 반품 사태를 막을 수 있을 것 같았다.

(여기서 잠깐! 요즘처럼 험한 세상에 집으로 낯선 사람 들이는 걸 나는 절대로 권장하지 않는다. 당시 우리 집에는 나 말고도 몸이 날센 남 집사와 힘이 장사인 고도리 군과 날카로운 발톱을 가진, 게다가 노상 털을 뿜고 다니는 도담이와 레담이가 있었다.)

남편을 대동하고 온 구매자를 앞에 두고 프레젠테이션을 하듯 제품을 소개했다. 기계의 원리와 주의사항, 그리고 작동법을 알려준 후 전원을 켰다. 그런데 작동이 안 됐다.

'이게 무슨 일? 망가진 건가?'

나는 거래가 불발될까 조마조마했다. 방 안에 있던 남 집사를 불렀다. 남 집사는 거실로 나와 낯선 사람들한테 인사를 한 후 기계를 살폈다.

"아, 콘센트 전원이 꺼져 있으니 작동이 안 되지."

밥솥을 사이에 두고 예상치 못한 4자 대면이 이루어졌다. 그런데 이 상황은 나도 그 여자분도 원하던 그림이 아니었다. 우리 두 여자는 의미심장한 눈빛을 나눴다.

"아! 제품 상태 너무 좋은데요. 계좌 주세요."

구매자는 그 자리에서 내 계좌로 이체를 해줬다.

"네, 입금 확인했습니다!"

곰돌이 푸우처럼 푸근해 보이는 그쪽 집 남편이 아내 대신 박스를 번쩍 들고 현관을 나섰다. 그런데 우리 집 남 집사가 굳이 배웅을 하는 것이다. 나도 구매자도 남자들이 긴 이야기를 하지 않기를 바랐다. 그런데 엘리베이터가 14층에서 내려오질 않는 바람에 두 남자의 동물 목격담이 이어졌다.

"전 자라를 봤거든요." (뜬금없이?)

"아, 저도 봤습니다. 호수에서 본 거죠?" (구매자 남편님은 또 왜 이러세요?)

"맞아요. 호수에서 봤어요. 참 족제비는 못 보셨죠?" (남 집사 그만해!!)

"어디서요?"

"이 아파트 단지 안에서요."

"이 아파트요?"

"네, 저도 놀랐습니다. 새벽에 담배 피우러 나왔다가… 걔가 놀라서 오잉 하는 표정으로 절 보던 걸요." (오잉, 하는 표정은 무엇인가. ㅡㅡ;)

잠시 뒤 구매자 부부는 인사를 한 후 엘리베이터를 타고 내려갔다. 무슨 대단한 일을 했다고 엄청난 피로가 밀려왔다. 마스크를 벗으니 얼굴 살이 쪽 빠진 느낌이었다. 구매자는 오늘 만나 즐거웠고 좋은 가격에 잘 데려간다고 고맙다는 말을 남겼다. 그녀는 전에도 비슷한 마사지기를 사용했는데, 자신은 물건을 하나 사면 설명서까지 꼼꼼히 읽은 후 기능을 하나씩 숙지하고 그야말로 '뽕을 뽑는다'고 했다. 아, 얼마나 바람직한 일인가. 정말 그분의 물건에 대한 태도는 내가 본받아야 할 점이다.

코로나바이러스로 홈케어에 열풍이 불었다고 한다. 그래서인지 다양한 가정용 디바이스들이 많이 판매되고 있다. 그러나 나 같은 사람에겐 온기가 있는 내 손이 최고의 디바이스다.

세트는
힘이 세다

몇 해 전에 바네스데코라는 가구 사이트에서 인더스트리얼 철제 수납장을 샀다. 베트남에서 제작된 상품이고 제작 기간과 배송 등의 이유로 약 40여 일이 걸렸다. 구매한 가구는 전반적으로 거친 질감을 가졌는데, 그러한 빈티지한 느낌 때문에 멋스러움이 더했다. 가구는 기능적으로도 좋았고 무엇보다 우리 집의 다른 가구와도 잘 어울렸다.

그런데 이사를 한 후에 그 수납장을 놓을 자리가 마땅하지 않았다. 아끼던 물건이었지만 자기 자리를 찾지 못한 채로 시간이 흘렀다.

여러 날 고심을 하다가 다른 집에 입양 보내기로 결정했다. 그러나 사진을 한 장만 찍어서 올렸기 때문일까. 아무도 관심을 갖지 않았다. 이용자들은 관심 가는 물건에 하트를 누를 수 있고, 그 하트의 개수를 보고 그 물건의 인기를 가늠했다. 그런데 내 수납장에는 하트가 0개였다! 아니, 여러분! 이 예쁜 수납장이 눈에 안 들어오십니까?

나는 '수납장 팝니다'라는 제목을 아래처럼 바꿨다.

수입 철제가구 인더스트리얼. 디자인 찢음. 안 사면 손해.

제목을 낯간지럽게 바꾼 후 사진도 여러 장 찍어 올렸다. 당근마켓에는 '끌올' 기능이 있는데 이걸 이용하면 상단에 재노출이 되었다. 단시간에 하트의 개수가 0개에서 16개로 올라갔다. 그리고 기다리던 문의가 왔다.

문의를 한 사람은 근거리에 사는 이웃이었다. 그분은 세컨하우스로 쓸 집이 평창에 있는데, 그 집을 인더스트리얼로 꾸미고 있다고 했다. 그러던 중 내 수납장을 꼭 사고 싶다고 했다. 하지만 가격을 조금 내려 주길 원했다. 나는 다소 속이 쓰렸지만 그분이 원하는 만큼 가격을 깎아 주었다.

오후에 50대 중후반으로 보이는 부부가 우리 집으로 왔고 아내 되는 분이 특히 수납장을 보고 매우 만족해했다. 나는 무거워서 어떻게 옮길지 걱정이었는데, 그 집 아저씨와 우리 집 남 집사가 지상에 세워둔 카니발 트렁크에 몇 번의 기합 소리를 낸 후 후딱 실었다.(카니발은 중고거래 이용자에게 아주 맞춤인 패밀리카다.)

구매자분이 민망할 정도로 고맙다는 말을 많이 했다. 거래를 많이 했지만 가구를 이렇게 같이 옮겨 주는 분은 흔치 않다고 했다.

언젠가 학생들 교재로 쓸 책을 20대 중반의 청년에게 구매한 적이 있었다. 내가 책을 트렁크에 올리려고 하니, 자기가 해드리겠다며 박스 두 개를 대신 올려 주었다. 나도 힘이 세지만 청년의 그러한 배려에 감동을 받았다.

하지만 다른 한 번은 마찬가지로 학생들 교재로 쓸 책을 구매했는데, 판매자가 책을 노끈으로 묶지 않고 큰 비닐에 담아왔다. 내가 책을 받아 트렁크에 싣는데 비닐이 터져 책이 와르르 떨어졌다. 물건을 판 남자는 어쩌지, 하는 표정만 지을 뿐 책 한 권을 줍지 않았다. 뭐 저런 똥매너가 다 있나 싶었다.

당근마켓에는 친절한 사람도 있고 불친절한 사람도 있다. 상식적인 사람도 있고 비상식적인 사람도 있다. 양심이 바른 사람도 있고 작정하고 사기를 치려는 사람도 있다. 다행히 내가 만난 사람들은 대체로 친절하고 상식적이고 양심이 있는 사람들이었다.

얼마 뒤 수납장을 사간 구매자에게서 톡과 사진이 왔다.

"세상에!" 소리가 절로 나왔다. 내 철제 수납장과 같은 라인의 수납장이 나란히 있었기 때문이다. 그러니까 그분은 당근에서 두 개의 가구를 샀는데, 그것이 공교롭게 같은 라인의 인더스트리얼 제품이었던 것이다. 이산가족이 상봉을 한 것처럼 가구는 완벽한 조화를 이루고 있었다.

그분은 평창에 갈 일이 있으면 자신의 별장에 꼭 들러 달라고 하며 휴대폰 번호를 남겼다. 그 메시지가 고맙게 느껴졌다.

안녕하세요~
셋팅중이어서 사진이 늦었습니다~
예쁘게 잘 쓰겠습니다~ 감사합니다
~^^*

오후 4:20

어머 너무 예뻐요!! ㅎㅎ 완전 세트네요~

코카콜라 넘 귀엽고요, ^^

오후 6:32

ㅎ예~~ 시간 되실때 실물 보러 오세요
~^^*

오후 7:05

2020년 12월 19일

읽음
오후 12:44

네~~

밥솥 주고
감귤 받고

어느 해인가. 언니가 나에게
흑마늘을 선물로 주었다. 기분
탓인지 모르겠지만 나는 흑마
늘을 일주일 정도 먹었는데, 피
로를 느끼지 않았다.

나는 흑마늘을 검색한 후에 언니처럼 직접 만들어 보기
로 했다. 그렇다면 장비가 하나 필요했다. 밥솥이었다. 집
에 있는 밥솥을 써도 되지만 마늘을 15일간 보온 상태로
유지해야 하니 아무래도 전용 밥솥이 필요할 것 같았다. 그
래서 쿠쿠에서 나오는 12인용의 보온 밥솥을 주문했다.

마늘을 깨끗이 씻어 밥솥에 넣고 보온으로 15일을 익혔
다. 그런데 일정 시간이 지나자 마늘 익는 냄새 때문에 머

리가 지끈거렸다. (웅녀는 비염을 앓았을 것이다. 냄새를 못 맡으니 100일이나 참지.)

15일이 지나 밥솥에서 나온 마늘을 말렸다. 우여곡절 끝에 완성된 흑마늘은 빛이 곱고 젤리처럼 쫀득쫀득했다. 나는 식구들에게 힘들게 만든 거니 아껴 먹으라고 했다. 그리고 1일 섭취 제한을 넘긴 자들을 말없이 노려보았다.

나는 언니에게 전화를 걸어 흑마늘 만들다가 저 세상에 갈 뻔했다고 했다. 언니는 그 정도로 힘들면 그냥 사 먹지 왜 사서 고생을 하냐고 했다. 하지만 밥솥까지 샀는데, 한 번에 끝낼 순 없었다. 나는 밥솥을 뒤쪽 발코니에 두고 다시 두 번째 흑마늘에 도전했다. 그러나 마늘 냄새는 익숙해지지 않았다. 밖에 나와 있어도 내 옷과 소지품에서 희미하게 마늘 냄새가 났다. 냄새를 너무 잘 맡는 내 코 때문에 이렇게 피곤할 때가 많다.

얼마 뒤에 12인용 밥솥은 싱크대 아주 깊숙한 곳으로 사라져 빛을 볼 일이 없었다. 당근을 시작한 후 나는 밥솥을 꺼냈다.

두세 번 사용했습니다.
흑마늘 제조에 쓰여서 밥솥에서 마늘 냄새가 납니다.
내솥은 스크래치 하나 없이 깨끗합니다.

그리고 판매 가격을 1만 5천 원에 올렸다. 금세 문의가 왔다.

- 물건 상태는 괜찮은 거죠?"

- 네, 흑마늘 만들 때 두 번 썼어요.

- 그럼 제가 살게요.

- 근데 밥솥에서 마늘 냄새가 나네요.

- 밥에서만 안 나면 돼요.

- 밥에서 마늘 냄새가 나면 어쩌죠?

- 먹어야죠. 근데요... 혹시 괜찮다면 물건값을 감으로 하면 안 될까요?"

- 감요?

- 네, 제가 감을 팔아요.

감이라니. 물물교환도 아니고. 그러나 밥솥을 보내고 하 부장을 좀 여유 있게 쓰고 싶었다. 그래서 물물교환을 승낙 했다. 문의한 사람은 남자로 보였다. 그가 판매하는 용품들 은 모두 남성용이었다.

예비 구매자는 밤 9시 이후에 우리 집에 들를 수 있다고 했다. 늦은 시간이라 남 집사에게 물건을 전해 달라고 부탁 을 했다. 남 집사는 흔쾌히 밥솥을 들고 1층으로 내려갔다.

그런데 10분이 지나도 20분이 지나도 남 집사는 올라오지 않았다. 발코니에서 목을 빼고 내려다보니 비상등을 켠 트럭 앞에서 두 사나이가 마주보고 있었다.

'설마 싸우나?'

그러나 자세히 보니 마주보고만 있을 뿐 다투는 것 같지는 않았다. 그러고도 10여 분이 지나서야 남 집사가 과일 박스 두 개를 들고 올라왔다.

"뭐가 그렇게 많아?"

"하나는 밥솥값, 하나는 서비스!"

"서비스?"

"응, 아저씨가 트럭을 새로 샀는데, 트럭하고 휴대폰하고 블루투스 연결을 못 하더라고. 그거 연결해 주고 내비 어플 하나 추천해 줬는데 귤을 한 박스나 주네."

"나이가 많으셔?"

"아니, 한 큰 형님 나이 정도?"

나는 후기를 남겼다.

- 서비스 감사합니다. 최고예요 ♥

과일도 팔다 남은 걸 준 게 아니라 최상품이었다. 나는 아저씨의 마음이 고마워 겸사겸사 톡을 보냈다. 밥은 잘 되는지, 밥에서 냄새는 안 나는지. 다행히 아저씨는 밥에서 마늘 냄새는 안 나고 밥 냄새만 난다고 했다. 우리 집에서 외면을 받았던 밥솥이 아저씨의 집에서는 제 소임을 다하고 있다니, 기특하기 짝이 없었다. 이것은 내 기억에 오래 남을 밥솥 주고 감귤 받은 물물교환 에피소드다.

김냉의
인기

김치냉장고는 분명 필요했기 때문에 구매한 가전이다. 그러나 어느 날, 김치냉장고 뚜껑을 열고 안을 보니 총 6개의 김치통 속에 5통이 빈 통이었다. 김치는 맛있는 반찬이며 다양하게 응용이 되는 음식이지만 예전처럼 쌓아 놓고 먹을 정도는 아니었다. 한두 포기씩 담가 먹거나 (얻어먹거나) 조금씩 사 먹으면 된다. 김치가 없으면 식사가 허전했던 시절도 있었는데, 어느 순간부턴 내가 김치에 집착을 하지 않고 있었다.

이사 온 집의 주방이 좁아 김치냉장고를 두기 어려웠다. 어쩔 수 없이 김치냉장고를 거실 쪽 발코니로 옮겨야 했다. 발코니에는 캣타워와 고양이 화장실과 스크래처와 장난감 등이 있었다. 고양이들은 생각보다 많은 공간을 필요로 한다.

오전 10시가 되면 고양이들은 회사원이 회사에 가듯 발코니로 출근을 한다. 캣타워는 우리 집에서 가장 볕이 잘 드는 곳에 있다. 고양이들은 그곳에서 최대한 게으른 포즈로 눕는 것이 자신들의 업무인 양 나른하게 누워 햇빛을 즐긴다. 3단 캣타워의 제일 높은 칸에는 레담이가, 두 번째 칸에는 도담이가 머문다. 두 고양이는 부지런한 새들의 날갯짓과 횡단보도를 건너는 사람들의 발걸음을 담담히 관조한다. 그러면 나는 거실에 앉아 바깥 풍경을 보는 고양이들을 흐뭇하게 바라본다.

문득 김치냉장고와 캣타워가 여러모로 어울리지 않다는 생각이 들었다. 나는 과감히 뚜껑형 냉장고를 당근에 올리기로 마음먹었다. 그래서 팔을 걷고 냉장고를 청소했다. 냉장고 안을 닦고 뒤편은 청소기로 먼지를 흡입했다. 전선과 코드는 걸레로 닦고, 김치통 6개를 설거지해서 빨래 건조대에 올려 바짝 말렸다. 하루치의 운동을 다한 느낌이었다. 판매 준비가 끝났을 때 사진을 찍고 냉장고의 사양을 자세히 적었다.

가격을 낮게 책정해서 그랬을 수도 있을 것이다.

당근, 당근, 당당근……당다라라당당근…….

아니, 당근마켓에서 김냉이 이렇게 인기 상품이었던 거야? 과장을 보태자면 알림음이 계속 들리는 것 같았다.

첫 번째 문의한 분에게 판매하기로 결정을 하고 약속을 잡는데, 다른 사람에게 불발되면 연락을 바란다는 톡이 왔다. 어떤 분은 5만 원을 더 줄 테니 자신에게 팔라고 부탁했다. 또 어떤 분은 자신이 첫 번째 문의자인데 왜 다른 사람한테 파는 거냐며 언짢아했다. 확인해 보니 그 사람은 세 번째 문의자였다. 1, 2초 차이로 순번이 정해진 것이다. 이들은 키워드 알림 설정을 하고 김치냉장고가 올라오길 기다렸던 것 같았다.

20년 전보다 각 가정의 냉장고의 용량이 대체로 커졌다. 대형 마트와 냉동식품도 한몫을 했을 것이다. 내 주변에도 김치냉장고가 한 개로 부족하다고 이야기하는 주부들이 꽤 있다. 단촐한 살림을 하는 우리 엄마조차도 김치냉장고를 팔았다고 하니 "아이고, 날 주지. 안 그래도 김치냉장고를 하나 더 사려고 했는데."라고 말씀하셨다. 엄마의 냉장고는 충분히 컸다. 하루는 엄마의 냉장고를 청소해 드린 적이 있다. 냉장고가 작은 게 아니라 안 먹는 음식이 너무 많았다.

사람마다 냉장고라는 가전을 대하는 바가 조금씩 다르다. 나처럼 음식을 쌓아 두기 싫어하는 사람도 있지만 저장하는 것을 중요하게 여기는 사람들은 지금의 냉장고가 작을 수도 있을 것 같다.

발코니에서 김치냉장고가 나가니 그 여유 공간으로 인해 내 마음이 편안해졌다. 집에서 물건이 빠질수록 행복지수가 조금씩 올라간다. 이런 나를 우리 집 남 집사가 '방류 강박'에 걸렸다고 한다. 맞는 말인 것 같다.

검은 땀이
흐르네

우리 가족은 빗자루 같은 굵고 건강한 모발의 소유자들이었다. 예전에는 누구 머리카락이 강한지 끊어 보는 내기를 했다. 우리 형제자매는 늘 친구들을 이겼다. 한번은 머리 끊기로는 단연 1등이었던 언니에게 패배를 했던 한 급우가 검은 실을 머리카락으로 둔갑시켜 페어플레이 정신에 어긋난 행동을 했다고 한다. 얼마나 이기고 싶었으면 그랬을까 싶다.

나는 머리숱도 많은데 반곱슬이라 단도리를 안 하면 머리카락을 감당할 수 없었다. 특히 비가 오는 날이면 이스트를 머금은 반죽처럼 머리가 부풀어 올랐다. 비가 오려나? 할머니가 일기예보를 무릎 관절로 점쳤다면, 나는 내 머리카락이 부푸는 정도로 비가 오는 걸 예측했다. 이런 까닭에 가능하면 머리카락을 바짝 묶고 다녔다. 엄마와 언니가 내 머리를 느슨하게 묶어 주면 나는 단호히 다시 묶으라고 했다. 그러면 내 눈 끝이 뾰족하게 위로 올라가 좀 사나워 보였다.

교복 자율화 세대인 나는 나름대로 옷을 입을 줄 아는 중학생이었다. 우리 집은 당시 패션의 메카라고 할 수 있는 이대입구와 가까웠다. 언니와 올케들이 이대 앞 보세 옷가게에서 나에게 옷을 사주기도 했다. 이대 앞에는 패션 잡지를 찢고 나온 듯한 멋쟁이들이 꽤 많았다. 당시는 유명 브랜드의 운동화를 신는 청소년들이 부쩍 늘어나던 시기이기도 했다. 하지만 엄마와 아빠한테 씨알도 안 먹힐 것 같아 나는 사 달라는 말을 안 했는데, 고맙게도 열 살 터울인 큰오빠가 군 휴가를 나왔다가 나를 데리고 이대 앞 브랜드 매장에 가서 운동화를 사줬다.

그 고가의 운동화가 뭐라고 매일이 즐거웠고, 소피 마르소라도 된 듯 예쁜 척을 하고 다녔다. 그러나 예쁨의 완성은 값비싼 운동화가 아니라는 걸 얼마 뒤에 깨닫게 되었다.

'머리카락이 개털인데 신발 비싼 거 신어서 뭐해.'

이런 내 마음도 모르고 우리 식구들은 중학생의 고민을 우습게 여겼다. 학교에서도 마찬가지였다. 체육 선생님은 햇빛 아래서 얼굴을 찡그리고 있는 나를 향해 말했다.

"와, 넌 머리숱이 되게 많구나. 부럽다."

나는 선생님이 놀리는 줄 알았다. 그런데 나이 들어 헤아려 보니 그 선생님은 머리숱이 적었으니, 모질이 어떻든 그냥 숱만 많으면 최고라고 생각했던 모양이다. 나는 내가 가질 수 없는 가늘고 길고 갈색을 띤 차분한 머리카락을 선호했다.

"잘라 버려. 우리 사촌도 그 후에 머릿결이 좋아졌대."

팔랑귀인 나는 짝꿍의 말을 믿고 집 근처의 '개미 미용실'이란 곳에 가서 머리를 잘랐다. 어찌된 일인지 미용사는 고데기까지 써서 머리를 만져 주었다. 나는 매우 만족했고 집에 갔더니 식구들도 예쁘다고 했다. 그러나 다음 날 머리를 감은 후에 찾아온 현실은 너무나 가혹했다. 학교에 갔는데 아이들이 미친 듯이 웃어댔다. 어린 마이클 잭슨이 〈벤〉을 부를 때의 그 머리처럼 내 머리는 둥글고 거대했다.

나와 친한 아이들만이 울 듯한 표정을 지으며 머리 꼴이 왜 그러냐고 했다. 나에게 머리를 자르라고 했던 악당은 손뼉을 치며 웃었다. 이 새끼 뭐지? 뭔가 속았다는 생각에 분을 참을 수 없었다.

나는 모질 때문에 엄청난 스트레스를 받았고 수업 시간에 공부는 안 하고 반 아이들의 머리를 살펴보았다. 그러다 어쩔 수 없다는 심정으로 슬그머니 가방 안에서 드라이할 때 쓰는 롤빗을 꺼냈다. 나는 그 빗으로 머리 전체를 눌러

빗었다. 가라앉아라! 가라앉아라!

얼마나 세게 빗질을 했는지 두피에 딱지가 앉기도 했다. 내가 체육 시간에 달리기를 하면 날 놀리기 좋아하는 악당은 말했다.

"사자냐. 갈기 좀 흔들지 마."

그 애는 장난이었겠지만 나는 정말 화가 많이 나 있었다. 꽤 오랫동안 머리숱이 적어지기를 기도하며 머리카락을 뽑기도 했던 것 같다. 아아, 어리석은 청소년이여!

다행히 스무 살이 되었을 때 기적 같은 일이 일어났다. 머리카락을 차분하게 만들 수 있는 스트레이트 퍼머가 있었다. 나는 머리를 길렀고 그 퍼머를 두세 달에 한 번씩 했다.

지금 보면 다 복에 겨운 이야기들이다. 어마어마한 머리숱을 가졌던 우리 직계 중 그 누구 하나 예전처럼 풍성한 머리카락을 가진 사람은 없다. 돌아가신 아버지도, 엄마도, 두 오빠도, 손위 언니도 머리숱이 현격하게 줄었고 모질도 이게 머리카락인가 싶게 얇아졌다.

언젠가 나에게 강의를 부탁했던 한 사업장의 대표가 "아휴, 고 샘. 염색 좀 하셔야겠네요."라고 말했다. 나는 그 말에 몹시 당황했다. 아주 가까운 친구끼리나 할 수 있는 조언이지 않은가.

흰머리가 나면 머리가 더 휑해 보인다. 염색은 하기 싫고

흰머리는 가리고 싶은 내 욕망을 알아챈 동네 언니가 파운데이션 형태로 된 흰머리 커버 제품을 추천했다. 나와 같은 소비자의 어려움을 코스메틱 회사에서 파악하고 있었던 것인가. 검색을 해보니 뿌리 염색 대용품들이 시장에 꽤 많이 나와 있었다.

나는 평이 좋은 제품 두 개를 샀다. 하나는 로레알에서 나온 스프레이형이었고 다른 하나는 라라츄에서 나온 파운데이션형이다. 사용해 보니 염색을 하지 않아도 그 제품으로 충분히 흰머리를 커버할 수 있을 것 같았다. 그러나….

"쌤, 검정 땀이 흘러요."

제품을 사용한 첫날 한 학생이 말했다. 거울을 보고 나는 작게 탄식했다. 나는 열 손가락을 머리카락에 푹 꽂는 습관이 있다. 손가락 끝에 힘을 주어 둥글게 두피 마사지를 하면 머리가 맑아진다. 하지만 그날은 정수리에 검정 분말을 잔뜩 묻혀 놓았던 걸 잊은 것이다. 머리 만진 손으로 얼굴을 만졌으니….

나는 거울을 보다가 낄낄거렸다. 내가 웃으니 아이들이 따라 웃고 아이들이 웃으니 나도 더 웃음이 나서 몇 분간 강의실 안이 소란스러웠다.

이 일이 있고 새치커버 제품과 이별하기로 했다. 두 제품 모두 원 플러스 원 행사로 구매를 했기 때문에 총 4개를 가지고 있었다. 2개는 미개봉, 2개는 딱 한 번씩 사용했다. 첫 번째로 문의를 한 사람이 물건을 사겠다고 했다. 나는 주의사항을 알려 주었다.

- 두피를 긁지 마세요. 손톱에 까만 때가 끼는데 금세 안 빠집니다. 이마 위로 가급적 손을 올리지 마세요. 머리 긁는 습관이 있으면 안 사시는 게 좋습니다.

우리나라 사람들이 유독 숱 없는 머리와 흰머리에 민감하다는 말이 있는데, 전 세계인을 대상으로 한 객관적 통계에 의한 것인지는 모르겠다. 나는 자의반보다 타의반으로 45일에 한 번씩 뿌리 염색을 한다. 염색을 할 때마다 몸에 안 좋은 화학 약품을 언제까지 계속 발라야 하나 고민을 하게 된다.

내 또래 중에 은발이거나 은발을 준비하는 사람이 종종 보인다. 처음엔 어색했는데 계속 보니 나름대로 부드럽고 기품이 느껴지는 사람이 있다.

나는 언제 염색을 멈출 수 있을까.

스텐 팬한테
패하다

우리 집 프라이팬 교체 주기는 8개월에서 12개월 사이다. 나무 주걱을 쓰고 코팅 팬 부식을 방지하기 위해 가능하면 조리 후에 음식을 프라이팬에 담아 두지 않는다. 나름대로 신경을 쓰는데도 코팅이 쉽게 벗겨진다. 프라이팬을 버릴 때마다 마음이 쓰렸다. 코팅 벗겨진 것 빼고는 여전히 쓸 만하기 때문이다.

그래서 교체 주기가 긴 스텐 프라이팬에 관심을 가졌다. 우리가 사용하는 스텐 제품에는 숫자가 쓰여 있다. 숫자는 200번대와 300번대가 있다. 200번대보다 안전한 것은 304나 316이다. 300번대에서도 304보다 316이 니켈 함량이 높아 고가의 상품이다. 다른 번호로는 18-8과 18-10

이 있는데, 마찬가지로 18-8보다 18-10이 니켈 함량이 높아 내식성이 좋다고 한다.

스텐 제품을 사면 식용유 등으로 닦아 반드시 연마제를 제거하고 써야 한다. 연마제가 까맣게 묻어나오는 것을 보면 깜짝 놀랄 것이다. 저가의 스텐을 산 적이 있었는데, 닦아도 닦아도 검댕이 계속 나왔다. 확인해 보니 그 식기에는 어떤 숫자도 적혀 있지 않았다. 그릇과 조리 도구에 숫자가 없으면 그 제품은 질이 좋지 않은 스텐일 가능성이 높다.

플라스틱 용기보다 스텐이 좋아서 반찬통 일부를 스텐으로 바꾸었고, 동영상을 보며 스텐 팬을 연구했다. 스텐 팬 사용이 어렵다는 건 이미 알고 있었지만 배우면 되지 않을까 싶어 일단 스텐 팬 3개를 장만한 후 실전에 들어갔다. 음식이 눌어붙지 않게 쓰려면 중불에 팬을 오래 달궈야 한다. 물을 떨어뜨렸을 때 물방울이 동그란 모양으로 통통 튀면 요리를 해도 된다는 신호로 받아들이면 된다. 그러나 이론은 이리도 쉬운데, 결과물은 참담했다.

수많은 시행착오를 통해 간신히 달걀프라이를 완성했다. 하지만 부추전은 계속 실패했다. 다시 스텐 프라이팬 사용법을 복습했다.

실패의 원인은 기름의 양에 있었다. 나는 식용유로 현미

유를 쓰는데, 가능하면 기름을 최소한으로 쓰는 편이었다. 그런데 이 스텐 팬은 코팅 팬보다 훨씬 많은 기름이 필요했다. 부치는 게 아니라 튀기는 느낌이 들 만큼 기름을 넉넉히 넣어야 달라붙지 않은 온전한 달걀프라이가 완성이 되었다. 완벽하지는 않지만 이렇게 쓰다 보면 감을 잡을 것 같았다.

그러나 식구들이 문제였다. 우리는 끼니를 각자 챙겨 먹어야 할 때가 많았다. 고도리는 프라이팬에 닭가슴살을 구웠고 남 집사는 볶음밥과 달걀프라이를 많이 했다. 그런데 그들에게 스텐 팬은 진입 장벽이 높은 아주 불편한 물건이었던 것이다. 두 사람 다 주방에서 조금씩 멀어졌다.

"제발 팬 좀 바꿔 주면 안 돼?"

식구들 때문에 어쩔 수 없이 코팅 팬으로 돌아와야 했다. 싱크대 정리를 하다가 스텐 팬 3개를 꺼냈다. 2년 안에 다시 쓸 일은? 없을 것 같았다. 주방 수납이 부족해서 나는 스텐 팬과 당분간 이별하기로 했다.

스텐 팬 세 개 중 하나는 거의 새것이었지만 나머지 두 개는 사용감이 많았다. 남의 집으로 보낼 물건이라 팔을 걷어붙이고 과탄산소다와 구연산을 이용해 때 빼고 광내는데 많은 공을 들였다. 나는 다른 판매자의 가격을 참고해서 프라이팬 가격을 정했다. 바로 거래가 이루어졌다.

우리 집 앞으로 온 구매자는 물건값을 건네며 내가 스팬 팬을 포기하게 된 이유를 읽는데 공감이 됐다고 했다.

"저도 처음엔 그랬어요. 근데 쓰다 보면 감이 와요."

물건을 가져가는 분이 내 프라이팬이 새것보다 더 반짝 인다며 좋아했다. 스텐 팬에게 우리 가족이 패했지만 언젠 가 다시 도전해야 할 과제처럼 남아 있다.

찾아가는
블라우스

구매하고 옷장에만 둔 블라우
스가 몇 개 있다. 온라인으로 구
매를 한 것이기 때문에 입어 보
고 사지 않은 것이 문제였다. 물
론 옷은 잘못이 없다. 몸이 문제일
뿐. 블라우스는 시스루였지만 원단에 검은색 작은 꽃잎을
여러 개 붙여 놓았기 때문에 원단이 북실북실해 보여 살집
이 있는 내가 입으니 두 배로 뚱뚱해 보였다. 심지어 남 집
사가 나에게 흑곰 같다는 막말을 했다.

구매했던 가격의 딱 반 가격에 올렸다. 판매가 될 리 없
었다. 의류는 고가의 브랜드나 희귀템이 아닌 이상 가격이
비싸면 판매가 되지 않는다. 구매가의 4분의 1로 가격을

내렸을 때 블라우스를 사고 싶다는 문의가 왔다. 지금 당장 송금을 하겠다고 해서 계좌 번호를 알려 주었다. 그러나 자신이 아기 때문에 움직일 수 없어 주말에 물건을 가져가겠다고 했다.

"집이 어디세요?"

"○○동 ○○아파트요."

구매자의 아파트는 내가 자주 가는 빨래방이 있는, 큰길 건너였다. 나는 지나는 길에 옷이 든 쇼핑백을 경비실에 맡겨 두겠다고 했다. 아기 엄마는 매너 온도가 높았다. 그리고 무엇보다 쓸 만한 아기용품을 무료로 나눔을 많이 하는 사람이었다. 크게 어려운 일도 아니라서 출근하는 길에 그 아파트 경비실에 물건을 맡기고 찾아가시라고 했다. 저녁에 구매자에게서 톡이 왔다.

- 너무 예뻐요. 신랑도 블라우스가 잘 어울린다고 해요.
- 앗, 다행입니다. 잘 어울린다니 제가 다 기쁘네요.

그 사람은 직접 가져다줘서 고맙다는 말을 거듭 남겼다.

옷장에는 텍만 떼고 입지 않은 옷이 있었다. 작년에 안 입은 옷을 내년에 입을 일은 희박하다.

옷장을 정리하며 알았다. 내가 레깅스만 십여 개를 가지고 있다는 것을. 블랙스커트는 또 어떠한가. 블랙스커트가 있는데도 자주 구매를 한다.

서랍마다 옷장 안 사진을 찍어 출력을 해 붙였다. 어디에 무엇이 있는지 한눈에 보이니 편리했다. 신기한 건 옷장을 비울수록 의류 구매에 돈을 쓰지 않는다는 점이다. 옷장이 터져 나갈수록 비슷한 옷을 계속 사게 된다. 이 행위에 공감하는 사람들이 분명 있을 것이다.

내 손엔
줄자

고양이들을 통제하겠다는 생각은 어리석다. 그 애들은 소리 없이 방으로 들어와 아무 일 없었다는 듯 사뿐히 내 컴퓨터 책상 위로 올라온다. 어느 날인가. 내가 사는 게 힘들다고 머리를 쥐어뜯는 걸 아시고 장화 신은 앞발로 자판을 꾹 눌러 아래와 같은 암호를 남겼다.

-ㅗ-ㅗ-ㅗ-ㅗ-ㅗ-ㅗ-ㅗ-ㅗ-ㅗ-ㅗ-

너 나한테 욕한 거야?

나는 증거 확보를 위해 동영상 촬영을 했다. 고양이는 눈치를 챘는지 딜리트 키를 밟았고 쓴 글자를 지웠다. 아, 천

재 고양이다. 자기가 싼 똥도 자기가 알아서 치우고, 자기가 쓴 욕(떡큐)도 누가 볼까 지우는 냥이라니.

고양이는 내가 일만 하려고 하면 컴퓨터 책상 위에서 섹시하게, 가끔은 거만하게 모로 눕는다. 그러면 고양이의 풍만한 뱃살의 향연이 펼쳐지는 것이다. 나는 그 모습이 귀여워 자주 훼방 받길 바란다. 하지만 정말 시급히 처리해야 할 일이 있을 때는 고양이의 출입을 통제한다.

창살 형태의 안전문을 구매했다. 안전문은 고양이의 동태를 파악할 수 있되 내가 머무는 방안으로 들어오지 못하게 하려는 의도로 단 것이다. 그런데 여 집사인 나는 '고양이 액체설'이란 말을 잊었던 것인가. 고양이들은 도대체 저길 어떻게 들어갔나 싶을 정도의 좁은 곳도 무리 없이 지나다닌다. 내가 그걸 간과하다니….

아니나 다를까. 고양이들은 창살 사이를 통과해 내 책상 위로 폴짝 뛰어 올라왔다. 몸집이 작은 아이는 창살을 리드미컬하게 빠져나갔고 몸집이 큰 아이는 창살에 똥배가 걸려 버둥거리다가 약간의 신음 소리를 흘렸을 뿐. (이후 몸집이 큰 고양이는 도움닫기도 없이 안전문을 가볍게 점프해서 넘어갔다.)

결국 안전문은 기능을 다하지 못하고 자리 차지만 하게 되었다. 사용하지 않는 물건은 집에 쌓아 두지 않는다는 원

칙대로 나는 안전문을 당근마켓에 올렸다. 거의 새 상품이라 그런지 문의가 많았다. 그런데 거래를 하다 보면 이런 질문을 하는 이용자가 생각보다 많았다.

- 우리 집 현관에 맞을까요?
- 음... 제가 ○○님 집 현관을 못 봐서요. 직접 줄 자로 재보세요. 폭이 80에서 120까지 가능합니다.
- 지금, 줄자가 없어요.
- ^-^;;;;;

다음 문의자도 이러했다.

- 그 안전문 제 차에 실릴까용? k5입니다.
- 제가 k5 트렁크 사이즈를 몰라요.
- 대충 승용차 트렁크거든용.
- ^-^;;;;;

답답한 중생들아!!
나 역시 내가 가진 것들의 정확한 치수를 모른다. 그래서 줄자가 필요한 것이다. 물건을 살 때도 물건을 팔 때도 줄자는 필수품이다. 물건을 사고팔려면 무엇이든 분명하고 구체적인 수치가 중요하다. 모호하고 불분명하고 추상적인 것들은 서로에게 피로를 유발한다. 나는 어느 순간부터 줄자를 손 근처에 두고 치수 재는 걸 좋아했다. 그러다 보니, 척 보면 대략의 치수를 맞추기도 한다.

"가로 80, 폭 40, 높이 100이네."

"안 재고 어찌 알아?"

"그냥 알아."

남 집사가 줄자를 가져와 서랍장을 재보더니 엄지를 치켜들었다. 그 후로 나는 이상한 버릇이 생겼다.

"볼펜 길이 14.5㎝, 마우스 폭 6㎝…!"

달인으로 출연한 일식 주방장이 초밥의 밥알 개수를 정확히 맞추듯 나도 계속 연습을 한다면 그 경지에 다다를 수 있으려나.

중력을 받은
무중력 의자

출판사 대표와 중고거래 관련 에세이를 쓰기로 약속을
한 후 내 판매 온도가 뜨거워졌다. 정신을 차려 보니
내 거래 온도가 63.6도가 되었다. 아마 원고를 모두
넘길 때쯤이면 더 뜨거워져 있을 것 같다. 나는 아침
에 눈을 뜨면 우리 집에 없어도 될 물건이 있는지 찾
는다.

꼭 필요한 물건!
필요하지는 않지만 보관해야 하는 물건!
당장 없어도 될 물건!

코로나19로 나는 자타공인 호모 인도루스(실내 인

간)가 되었으니 집 안의 환경이 너무나 중요했다. 집은 일하는 곳이자 휴식 공간이며 밖으로 나갈 수 없는 자의 놀이 공간이 되어야 했다. 그래서 안 쓰는 물건들의 방출로 공간 확보에 노력을 했던 것이다.

남 집사는 나에게 '치우는 인간'이라고 말했다. 그럼 나는 '호모 크리너스' 정도가 되는 건가. 치우는 인간은 남 집사의 방을 볼 때마다 짜증이 났다. 도대체 무슨 물건을 이렇게 쌓아 놓고 산담. 하지만 당근마켓에 중독이 된 후부터 나는 희미하게 웃음을 흘렸다.

와! 팔 물건이 너무 많잖아. 으흐흐흐. 보물 창고다.

이날의 타겟은 남 집사 방에 있던 무중력 의자였다. 내구성은 다소 떨어져 보이지만 접고 펴기가 용이한 상품으로 피곤할 때 누워 있기에 맞춤인 의자였다. 그 물건은 원래 내가 일하던 곳에서 쓰던 내 것인데, 남 집사가 자기 방으로 가져간 것이다.

나는 무중력 의자를 당근에 올렸다. 무중력 의자지만 중력을 좀 받아 처음 샀을 때만큼 짱짱하지 않다고 참고하라고 적었다. 그런데 올리자마자 1분도 안 돼 구매 의사를 강하게 표하는 분이 나타났다. 나는 거래를 대부분 내 집 앞에서만 했는데 이분은 자신이 산불 감시 때문에 산 밖으로 나갈 수 없다고 근처로 와 달라고 했다.

나는 단호히 거절을 하는 게 맞았다. 죄송하지만 거래가 어렵겠습니다, 라고. 그러나 나는 4킬로미터 떨어진 산 입구로 물건을 가져다주겠다고 했다. 집 앞 슈퍼에 가는 것도 귀찮아하는 나로서는 흔한 상황은 아니었다. 그러나 내가 몸을 움직였던 것은 며칠 전 강릉에서 큰불이 났기 때문일지도 모른다.

구매자가 알려준 산의 입구엔 등산객들이 많았다. 그 사이에서 선글라스를 낀 아저씨가 눈에 들어왔다. 그는 의자를 보고 내 쪽으로 뛰어왔다.

그는 헬기 조종사라고 했다. 산불을 감시하고 불이 나면 헬기로 산불을 진화하는 데 동원된다고 했다.

"훌륭한 일을 하시네요."

"훌륭하긴요."

"집에 가고 싶으시겠어요."

"말해 뭐하겠습니까. 이달 말까진 아무 데도 못 나갑니다."

구매자는 현금으로 물건값을 주었다. 4년가량을 썼는데 2만 원을 받았다. 너무 비싸게 판 것 같았다. 구매자는 급히 올라가 봐야 한다고 말한 후 의자를 들고 산으로 뛰어 올라갔다. 나는 뭔가 뿌듯한 일을 한 것 같아 기분이 좋았다. 그러나 집에 왔더니 남 집사는 뜬금없이 무중력 의자를 찾았다.

"내 의자 어딨지?"

"어떤 아저씨한테 팔았어. 근데 의자 썼어?"

"그럼 썼지!"

"언제?"

"수시로."

남 집사는 작업을 하다가 무중력 의자에 누워 넷플릭스를 보거나 음악을 들었단다.

"의자 쓰는 거 한 번도 못 봤는데…. 아, 그럼 내가 리클라이너 의자 하나 사 줄게."

"됐어!"

"아니, 난 옷걸이 대용으로 쓰는 줄 알았지. 의자에 당신 옷이 한가득이던데."

"뭘 또 옷이 한가득이야? 과장 좀 하지 말자."

남 집사는 화를 잘 내는 성격이 아닌데, 이날은 하루 종일 말을 하지 않았다. 나는 진심으로 사과를 했고 내 물건 하나를 말없이 몰래 팔 권리를 주었다. 남 집사의 눈이 동그래졌다. (귀중품은 이미 숨겼다.)

#해금은어렵다 #황태고중임남

해금과
순풍

내가 등단을 하던 해이니, 2007년 봄에 있었던 일이다. 여의도역 아니면 광흥창역이었을 것이다. 불편한 자리에서 술을 마시다가 막차를 타고 집으로 돌아왔다. 자동센서등이 켜지기 전부터 우리 집 강아지 순풍이의 발톱이 마루에 부딪히는 소리가 들렸다. 순풍이의 열렬한 환호를 받으며 홈인.

그런데 국악 방송으로 짐작되는 채널에서 해금 연주곡이 흘러나왔다. 나는 우리 순풍이가 내가 없을 때 홈쇼핑으로 고등어구이를 감상하고 결제를 하지 않을까, 출입문에 난 우유구멍을 열고 밖으로 나가지 않을까, 라디오 채널을 바꿔 가며 음악을 감상하지 않을까, 그런 상상을 했다.

"너 음악 듣고 있었어?"

나는 강아지를 안고 연주곡을 감상한 후 진행자가 알려주는 곡명을 적었다. 슬기둥의 〈그 저녁 무렵부터 새벽이 오기까지〉였다. 아마 술도 한잔했기 때문일지 모른다. 흐느끼는 듯한 그 연주가 처연하고 애절해서 좋았다. 울고 싶어도 울지 못하는 내 마음을 대신해 주는 것 같았다. 나는 그 곡을 인터넷에서 반복해 들었다. 그리고 해금을 배워야겠다고 결심했다. 즉흥적이고 뜬금없을지 모르나 이 기분이 사라지면 악기를 배우겠다는 생각을 못 할 것 같았다. 그 새벽에 전문가용 해금을 주문했다. 그리고 날이 밝을 때까지 해금 연주를 들었다.

해가 중천에 뜰 때까지 일어나지 않아도 되는 그런 날이었다. 누군가 벨을 눌렀고 내가 반응하지 않자 문을 탕탕 두드렸다. 동이 터서 잠을 잤기 때문에 진동 모드로 돼 있던 휴대폰이 나를 깨울 수 없었다.

"퀵이요!!"

비몽사몽으로 문을 열고 나가니 커다란 박스를 든 남자가 서 있었다. 조금 화가 난 것도 같았다. 그는 내 이름을 확인하더니 박스를 건넸다.

"뭔가요?"

남자는 영수증을 내밀며 말했다.

"해금? 해금이라네요. 사인 좀."

이 모든 상황을 파악하는 데 얼마나 걸렸을까. 나는 정신이 번쩍 났다. 어젯밤 해금을 결제한 것이 생각났다. 박스를 집 안으로 들이고 인터넷으로 조회를 해보니 구매란에 이렇게 써놓았다.

- 퀵으로 받겠습니다. 오후 12시까지 갖다 주세요.

그 와중에도 해금을 12개월 무이자로 결제한 나를 칭찬했다. 그리하여 나는 해금과 인연이 되었고 술기운에 결제를 했지만 야무지게 배워 그럴듯하게 연주를 해야겠다고 결심했다.

내 이런 결정을 누군가는 멋있다고 했고 누군가는 느닷없다고 했다. 나는 운전면허를 배우기 전에 영업 사원인 친구의 남편한테 소형 마티즈를 36개월에 구매한 적이 있다. 내가 면허를 딸 즈음은 주행 시험이 까다로울 때였다. 조수석에 베테랑 드라이버를 태우고 마티즈로 주행 연습을 정말 열심히 했고, 그 덕에 운전면허를 한 번에 땄다. 내 주변에 주행을 한 번에 딴 여성은 나 하나뿐이었다.

해금이 온 날, 레슨 선생님을 구하는 건 어렵지 않았다. 나는 주행을 했을 때처럼 해금과도 금세 친해질 수 있을 것 같았다. 아, 이 글을 쓰는데 현을 잡는 손가락의 감각이 마구 느껴진다. 황,태,고,중,임,남!

　그러나 문제는 자동차와 해금은 많이도 달랐다는 것이다. 해금 연주는 핸들을 돌리는 감각과는 차원이 달랐다. 아무리 연습을 해도 소리가 예쁘게 나지 않았다. 음감이라고 해야 하나. 나는 그 감각이 부족했다. 심지어 내가 해금만 켜면 인터폰이 오거나 누군가 우리 집 문을 두드렸다.

　　그 집에 누가 울어요?

　　(돌려 말하기 좋아하는 옆집)

　　애 좀 그만 울려요. 매일 아침저녁으로 힘드네요.

　　(직설적으로 말하는 윗집)

　연주할 공간을 찾아 공원으로 악기를 가져간 적이 있었다. 공원에 온 사람들이 내 해금을 보고 그냥 지나치지 않았다. 나는 다시 자동차 뒷좌석에서 연습을 했는데 자세가 불편하니 오래 버틸 수가 없었다. 그럼에도 사람들이 오기 전의 공원 벤치와 자동차 뒷좌석에서 해금으로 몹쓸 소음을 만들어 냈다. 이즈음 소설 쓰는 L의 권유로 나는 오래전에 썼던 단편소설을 《문학수첩》 신인상 부분에 응모를 했는데, 그 소설로 등단을 하게 되었다. 내 인생 통틀어 가장 기뻤던 다섯 가지의 사건 중에 하나였다. 가족들이 많이 기뻐했고 더 열심히 쓰라고 응원했다. 돈 버는 시간 외에는 글쓰기에 많은 시간을 투자했고 등단한 그 겨울에 장편 소설을 쓰기 시작했다. 초고를 쓰고 1차 퇴고를 하는데, 10개월이 걸렸다.

글에 집중하느라 해금을 소홀히 했는데, 마침 합주단에 합류하게 된 해금 선생님까지 레슨이 어렵다고 했다. 해금은 옷장 속으로 들어갔다. 가끔 옷장 안에 있는 해금과 눈이 마주치곤 했다. 해금을 이리 방치해도 되나 싶었다. 해금을 보면 뭔가 내 불찰로 소원해진 인연을 보는 것 같았다.

언젠가 다시 레슨을 받아서 내가 좋아하는 〈No surprise〉를 멋있게 연주해야겠다는 각오를 다졌지만 실천으로 이어지지 않았다. 당시 이직 과정에서 경제적인 어려움이 있었다. 마침 중고거래 사이트에서 해금을 구한다는 글을 보았다.

물건을 보낼 때 이처럼 아쉬워한 건 처음이 아닐까 싶다. 나는 어느 여고생에게 해금을 팔기로 결정한 날 연주 동영상을 여러 개 찍었다. 관객은 순풍이었다. 〈학교 종이 땡땡땡〉을 시작으로 〈나비야〉와 〈퐁당퐁당 돌을 던져라〉까지 메들리로 연주를 하다가 나만 보는 네이버 카페에 동영상을 업로드했다.

"순풍아, 내가 해금 연주할 테니까 들어 봐. 딴 데 보지 말고 여기에 집중해야 해. 시작할게. 지금 연주하는 곡은 학교종이 땡땡이야."

나는 자꾸 딴청을 하려는 순풍이를 나에게 집중시키며 활을 잡았다. 개는 귀가 썩을 것 같다는 표정이었다. 그도 그럴 것이 모처럼 활을 잡으니 잘 열리지 않는 나무문의 경첩에서나 들릴 법한 삑삑대는 소리가 났다. 결국 참을성이 부족한 순풍이가 자꾸 도망을 쳐서 연주는 그만 멈춰야 했다.

언젠가 이 동영상을 내가 가르친 아이들에게 보여준 적이 있었다. 아이들이 포복절도가 무엇인지 온몸으로 보여주듯 웃어댔다. 개는 안 들으려 하는데, 보호자는 억지로 연주를 들으라고 강요하는 장면이 웃음을 유발한 모양이다. 내가 봐도 실소가 터지긴 했다. 지금은 순풍이도 해금도 나를 떠났기 때문에 동영상 촬영을 해둔 건 잘한 것 같다. 지난 시간의 우리가 그리우면 종종 동영상을 재생하곤 한다.

문고리에 걸린
다정함이여

냉장고 안에서 상해 가
는 야채들을 볼 때마다 식
품 건조기가 있었으면 좋
겠다고 생각했다. 그땐 살
림의 규모가 지금보다 단출
했을 때였다. 대파, 양파, 호박
등과 같은 야채를 사면 버리는 게 반이 넘었다. 마침 그즈
음 식품 건조기 광고를 해서 구매를 하게 되었다.

야채를 미리 건조했더니 버리는 것 없이 다 먹을 수 있
었다. 색이 변한 사과와 언제나 다 먹지 못하고 버리게 되
는 바나나도 미리 썰어 말렸다. 어느 정도 시간이 지나자
과일이 꾸덕꾸덕 해지며 그럴듯한 말린 과일로 태어났다.

흑마늘을 만들 때도 건조기가 훌륭하게 기능을 수행했다. 나는 대파도 말리고 양파도 말리고 애호박도 말렸다.

그러나 식구가 늘자 뭔가를 말릴 필요가 없었다. 대부분 버리지 않고 다 먹었기 때문이다. 게다가 말린 채소는 생야채가 갖는 그 싱싱한 맛을 당연히 표현할 수 없었다.

뒤쪽 발코니 수납장에 8단짜리 건조기를 넣었다. 그 수납장에는 건조기 말고도 여러 조리용품들이 있었다. 나는 살림을 줄이는 일에 집중하고 있었기 때문에 건조기를 과감히 정리하기로 했다. 이제는 칼로리가 높은 말린 과일을 먹지 않았고, 야채를 못 먹고 버릴 것 같으면 건조를 하는 게 아니라 냉동을 할 때가 많았다. 양파는 미리 씻어서 하나씩 쿠킹호일에 감아 냉장실에 보관하니 그냥 둘 때보다 오래 먹을 수 있었다. 호박은 찌개에 넣고 남은 걸 바로 볶음을 해 먹었다. 과거에 비해 나는 야채를 버리거나 썩히지 않는 주부가 되었다.

식품 건조기를 언젠가 쓰지 않을까 싶은 마음에 파는 걸 잠시 망설이기도 했다. 하지만 필요할 때 언니에게 빌리거나 중고로 다시 구매를 하면 될 일이었다.

리큅 식품 건조기를 당근마켓에 올리자마자 톡이 왔다. 그리고 지금 가져갈 수 있느냐고 물었다. 가능하다고 하니

문 앞에 두면 밤 10시에 비대면으로 물건을 가져가겠다고
했다.

구매자는 간식을 만드는 중간에 건조기가 망가져 당근마
켓에서 물건을 찾았다고 했다.

내 프로필 사진을 봤기 때문일 것이다. 구매자는 반려동
물을 키우느냐고 물었다.

- 멍1 냥2가 있습니다. ^^
  (사실 순풍이가 떠난 지 한 달이 안 됐기 때문에 정확히는 냥2
  가족이었다.)
- 저는 오리 날개랑 오리 목뼈로 간식을 만들거든요. 시판 제품
  은 비싸서 감당이 안 돼요. 1㎏에 2,900원밖에 안 되니까 건
  조기에 넣고 그냥 말리면 돼요.

구매자는 밤 10시에 물건을 찾으러 왔다. 물건값은 당근
페이로 이체를 해주었고 문고리에 우리 집 '멍냥'이들 먹이라
고 분쇄육으로 만든 간식을 걸어 둔다고 했다.

나는 코로나19로 낯선 사람과 마주치는 걸 꺼리는 그 구
매자를 위해 톡을 받고도 한참 뒤에 밖으로 나갔다. 그리고
문고리에 걸린 핸드메이드 간식을 보고 생각했다.

아, 뭐 이런 훈훈한 중고거래가 다 있을까. 나는 구매자

에게 톡을 보냈다.

- 이런 선물 정말 감동입니다. 잘 먹일게요.

그리고 식품 건조기는 모터 쪽에 물이 들어가면 망가질 수 있으니 주의해서 써야 할 것 같다고 전했다.

#고무나무식탁 #오늘부터스쿼트

근육
좋아

일하던 곳에 상담용 테이블을 새로 들여야 했다. 테이블을 사도 됐지만 이후에 두루두루 쓸 요량으로 가로세로 1,800에 900짜리 6인용 고무나무 식탁을 구매했다. 옵션으로 1인용 의자 3개와 벤치형 의자 1개도 추가했다. 식탁은 내구성이 좋았고 디자인도 우수했다. 식탁을 볼 때마다 믿음직스러운 사람을 만났을 때와 같은 기분이 들었다.

보는 사람마다 어디에서 구매했는지 물었다. 구매처를 알려 주니 몇몇은 같은 식탁을 따라 사기도 했다. 그런데 한 2년쯤 지나자 일터의 가구 배치를 다시 해야 했다. 흠집 하나 없이 아껴 쓴 것이지만 식탁이 나가고 그 자리에 책장이 들어와야 했다.

마침 이사를 간 언니가 식탁을 바꿔야 한다고 했다. 언니가 평소부터 내 식탁에 관심이 있었기 때문에 언니의 집으로 가면 좋을 것 같았다. 식탁을 가져가 써도 좋다고 하니 언니가 기대를 했다. 그러나 언니네 주방 구조상 내 식탁이 놓이면 발코니 문의 일부가 막혔다.

당근마켓에 식탁을 올렸다. 컨디션이 좋은 상품이라도 가격을 싸게 내놔야 거래가 이루어졌다. 식탁에 대한 문의가 몇 개 왔지만 거래가 성사되지 않았다. 연일 가을비가 내릴 때 한 예비 구매자로부터 식탁을 사고 싶다는 톡이 왔다. 비가 그치면 오라고 했더니 정말 비가 잠깐 그쳤을 때 내가 남긴 주소로 찾아왔다.

- 올라가도 되나요?

톡을 보고 나는 바짝 긴장했다. 남 집사가 자리를 비웠는데 낯선 사람이 찾아오는 게 영 꺼림칙했다. 나는 지금은 곤란하며 30분 뒤에 오라고 하고는 남 집사에게 전화를 걸었다. 남 집사가 서둘러 와주었다. 그런데 나는 상대가 남성인 줄 알았는데, 내 또래의 키가 크고 단단해 보이는 인상의 여성이었다.

"혹시 트럭을 빌리셨나요?"

"아뇨."

"그럼 어떻게 운반을…."

"제 차로요. 한 세 번 왔다갔다하면 되지 않을까요?"

"아, 분해를 하더라도 트럭이 나을 것 같은데…."

"집이 멀지 않아요. 제가 딱 세 번만 왔다갔다하면 돼요."

"힘드실 텐데…."

"괜찮아요. 트럭까지 부르면 비용이 부담돼요."

맞는 말이었다. 트럭을 빌리는 이용료는 최소 4만 원에서 5만 원이었다.

구매자가 집에서 가져온 드라이버는 식탁을 분해하기에 적합하지 않았다. 남 집사가 전동 드릴이 든 공구함을 가져왔다. 그리고 일단 위의 유리부터 조심스럽게 들어냈다. 상판과 다리를 분리할 때 구매자와 내가 남 집사의 조수 역할을 했다. 식탁 다리는 코끼리 다리처럼 두껍고 튼튼했다.

마침 비가 쏟아져 우리는 본의 아니게 의자에 앉아 담소를 나누게 됐다. 구매자의 집은 엘리베이터가 없는 빌라 3층이라고 했다.

"옮기기 힘드실 것 같아요."

"괜찮아요. 아들들이 옮겨 줄 거예요. 전 입구까지만 가져갈 거고."

이러저러한 이야기를 나누다

보니 구매자가 과거에 단거리 선수였고 지금은 줄넘기 선생님이라고 했다. 그러고 보니 평범하지 않은 피지컬을 가진 것 같았다. 특히 반바지 아래 드러난 종아리가 건강해 보이는 근육질이었다.

"우리 집 남자가 식탁을 새로 사라고 했거든요. 나 시집올 때 산 거니까 그 식탁이 우리 큰 애랑 동갑이에요. 그동안 참 잘 썼는데… 나는 뭘 하나 사면 굉장히 오래 써요. 냉장고도 20년 쓰다가 지난달에 바꿨어요. 요즘 냉장고 20년씩 쓰는 사람이 어딨겠어요. 근데 수리 비용이 어마무시하게 나와서 어쩔 수 없이 바꾼 거예요. 근데 난 그냥 내가 산 물건을 고쳐서 오래 쓰는 게 좋아요."

비가 멈췄을 때 남 집사와 구매자가 상판을 들어 트렁크에 실었다. 남 집사보다 구매자가 힘이 더 세 보였다. 그러나 맙소사! 식탁 상판이 SUV 트렁크에 바로 들어가질 않았다. 나는 코끼리 다리를 들고 안절부절못했다. 다행히 두 사람은 이리저리 각을 재더니 대각선 형태로 식탁 상판을 넣고 식탁이 흔들리지 않게 차에 있던 끈으로 단단히 묶었다. 구매자는 세 번을 오고가며 물건을 다 날랐다. 첫 번째는 식탁 상판만 옮겼고 두 번째는 벤치와 의자 세 개를 옮겼고 세 번째는 식탁 다리 4개와 상판 유리를 옮겼다. 유리를 옮길 때 혹시 깨질까 봐 마음이 아슬아슬했다.

뭔가 근성이 느껴지는 구매자였다. 그런데 그 근성은 혹시 다리 근육에서 나오는 것이 아닌가 싶었다. 나는 두부처럼 물렁대는 내 다리를 물끄러미 내려다보다가 생각난 듯 스쿼트를 했다.

메리 제인
플랫슈즈

짐을 줄이기 위해 시작한 당근 생활이 어느 순간 하나의 놀이로 바뀐 것 같았다. 이것은 분명 오락의 성격을 띠고 있었다. 물건을 올리고 그것이 판매가 되면 미션 완수라는 스템프를 하나 받는 느낌이었다.

아침에 눈을 뜨면 게임을 준비하듯 오늘은 무엇을 팔거나 혹은 나눌 것인가 생각하며 샅샅이 훑는다. 그러다가 열게 된 신발장.

"와, 이거야!"

질바이 스튜어트의 메리 제인 플랫슈즈. 구두굽이 1㎝도 안 되는 아주 말랑말랑한 구두였다. 디자인이 마음에 들어

샀지만 사이즈가 너무 커서 신고 나가지 못했다. 신발은 자고로 신어 보고 구매해야 한다. 온라인 쇼핑에서 실패를 가장 자주 하는 게 있다면 그것은 단연코 신발이었다. 신발도 문제지만 내 발도 문제였다. 나는 칼발이다. 볼이 좁으면서 몹시 길쭉하다. 발이 편한 신발을 발견하고 똑같은 걸 두 개 산 적이 있었는데, 착화감에 차이가 있었다. 그래서 신발만은 꼭 신어 보고 사야 한다.

메리 제인 플랫슈즈는 투톤으로 구두 앞쪽과 스트랩은 검정, 나머지는 인디 핑크였다. 검정 부분이 에나멜 재질이라 경쾌하고 귀여운 느낌을 주었다. 그러나 두 계절이 지나도록 나는 그 신발을 신지 않았다. 두꺼운 겨울 양말을 신고 신발을 신었다면 무리가 없었을지 모르나 봄가을에 털양말을 신을 순 없었다. 메리 제인 구두가 아무리 예뻐도 더 묵히지 말고 입양 보내기로 결정을 했다.

물건을 올리자 예비 구매자에게 연락이 왔다. 혹시 신발을 신어 보고 구매를 하면 안 되겠냐는 것이었다. 신발을 신을 때 자신이 가져간 신문지 위에서 신어 보겠다고까지 했다. 나는 구매자의 그런 조심스러운 태도가 마음에 들었다.

- 제가 문 앞에 둘게요. 굽이 너무 낮아 오래 걸으면 발바닥이 아플 수도 있을 것 같아요. 그 점 참고하시고요. 암튼 잘 맞는

지 확인해 보고 마음에 들면 사세요.

나는 신발이 든 박스를 문 앞에 두고 출근을 했다. 한참 일을 하고 있는데 예비 구매자에게서 톡이 왔다. 발볼이 있는 자신에게 맞춤인 신발이라고. 그리고 배려해 줘서 고맙다며 하리보 한 봉지를 문에 걸어 두겠다고 했다.

메리 제인 구두는 1900년대 초의 연재만화의 등장인물 메리 제인이 신은 신발에서 유래가 됐다고 한다. 그로부터 120년이 흘렀지만 꾸준히 판매가 되는 디자인이 아닌가 싶다. 엄마의 낡은 흑백사진만 봐도 그렇다. 소녀인 엄마가 메리 제인 신발에 목을 접은 하얀 양말을 신고 있었다. 신발장 안에서 묵힐 뻔한 구두를 다른 사람이 신게 돼서 기뻤다.

나는 곰돌이 하리보를 입안에 넣었다. 이날도 미션을 완수한 날이었다.

쿨거래란
이런 것

강의할 때 쓰려고 구매한 엡손 프로젝트는 아까울 정도로 새것이었다. 2008년에 구매를 했으니 10년이 훨씬 넘은 유물이었지만 외관은 물건을 받았을 때처럼 흠집이나 색 바램 하나 없이 깨끗했다. 확인해 보니 램프 사용을 2008년부터 2021년까지 총 83시간을 썼다.

학생들에게 자료를 많이 보여 주기 위해서 구매를 한 거지만 프로젝트는 영화 감상용이 되었다.

말을 많이 하면 나는 가끔 영혼이 갉아 먹히는 기분이 들었다. 그런 날은 맥주와 영화로 나를 달랬다. 일이 끝나면 전철역에서 가까운 마트에서 맥주와 안주가 될 만한 걸 사서 집으로 왔다. 당시는 하이네켄 다크를 좋아했다. 355ml 여섯 개와 살이 덜 찔 것 같은 두부와 맛살을 안주로 샀다.

(두부, 맛살 얕보지 말자. 살찐다.) 그리고 나는 장 뤽 고다르의 영화를 보았다. 조용하고 평화롭고 충분한 휴식이 되었다.

하지만 너무 피로한 날은 가뜩이나 고단한 데 맥주까지 마시니 영화를 끝까지 보지 못하고 곯아떨어지곤 했다. 당시 프로젝트의 전기 소비량은 어마어마했다.

요즘은 85인치 중소기업 TV를 칠판 대용으로 쓴다. 내 맥북과 칠판으로 쓰는 TV를 애플TV 셋톱박스가 연결해주는데, 이보다 편할 수 없다. (TV와 애플TV 모두 남 집사가 당근마켓에서 구매했다.) 그렇기에 구형 엡손 프로젝트는 정말 필요 없는 물건이 된 것이다. 나눔을 할까 생각을 했는데 그즈음 나눔을 한다고 하면 무턱대고 물건을 받아 가려고 하는 사람들이 있어서 일단 3만 원에 올렸다. 일주일이 지났을까. 문의가 왔다.

- 리모컨 있나요?

- 넵.

- 제가 구매하겠습니다. 오후에 가도 되나요?

- 네, 근데 젠더라고 해야 하나. 그게 구형이라 안 맞더라고요. 젠더는 구하셔야 할 것 같은데요.

- 알고 있습니다.

이런 걸 '쿨거래'라고 하는 것이다. 구매자는 시간 약속을 정확하게 지켰고 물건을 받자마자 부끄러운 듯 후다닥 가버렸다. 나에게 없어도 그만인 물건인데, 가격을 깎아 줄 걸 하는 마음이 들었다.

- 평안하십시오.

그분이 남긴 메시지는 다시 봐도 좋았다. 남 집사는 아무래도 그 프로젝트는 부품으로 쓰일 것 같다고 했다. 어떻게 쓰이든 집 안에 고여 있는 것보다 좋은 일이었다.

딸기 우유색
커튼 1

가로 150, 세로 180짜리 커튼 두 장을 맞춤 제작했다.
보름을 기다려 물건을 받았다. 그런데 주문을 넣을 때 손가
락에 무슨 문제가 생겼던 걸까. 물건을 받고 보니 150이 아
니라 120이 온 것이다. 나는 전화를 걸어 커튼을 잘못 제작
했다고 말했다. 그러나 돌아온 답변은 내가 주문서에 120
으로 체크를 했다는 것이다. 확인해 보니 내 손가락이 실수
를 한 것이다. 머리는 150, 손가락은 120. 살다가 이런 실
수를 한두 번 해야 말이지. 꼼꼼한 척은 혼자 다 하다가도
어처구니없는 실수를 할 때가 왕왕 있었다.

커튼은 디자인, 색상 다 마음에 들었다. 하지만 총 60㎝
가 벌어진 틈으로 황소바람이 들어오는 것 같았다. 예전에
쓰던 낡은 커튼을 다시 달고 새로 맞춘 커튼은 서랍에 넣었

다. 몇 계절이 지나고 서랍 정리를 하다가 커튼을 마주했다. 딸기 우유색의 잔무늬 체크가 여전히 사랑스러웠다. 하지만 그 사이즈는 우리 집 어느 창에도 맞지 않았다.

커튼을 올리자마자 하트가 6개였다. 하트의 개수가 많다는 건 판매로 이어질 가능성이 높다는 의미이기도 하다. 커튼을 사고 싶다는 문의가 많았지만 창 사이즈에 안 맞거나 택배로 보내 달라는 요구 때문에 거래가 성사되지 않았다.

그러던 어느 날, 젊은 여성으로 짐작되는 사람이 커튼을 꼭 사고 싶다고 했다. 그리고 조심스럽게 처음으로 자취를 하게 됐는데, 예산이 부족해 커튼값을 깎아 주면 고맙겠다고 했다. 운전 중에 톡을 본 상황이라 내가 답을 좀 늦게 했더니 부담을 드렸다면 죄송하다는 말을 보내왔다.

나는 운전 중이라 답이 늦은 거라고 하고 가격을 깎아 주겠다고 했다. 우리는 시간과 장소를 정했다.

다음 날, 우리 집 앞으로 여학생이 왔다. 나는 커튼과 내가 안 쓰는, 강제로 창문을 열었을 때 경고음이 귀청을 떼어 버릴 만큼 시끄러운 방범용 창문 경보기를 건넸다.

"필요하시면 창에 붙이세요. 강제로 개방하면 소리가 날 거예요."

21살이나 22살쯤으로 보이는 여학생이 수류탄의 핀을 뽑듯이 경보기의 안전장치를 빼보았다. 경보음은 우리의 정신을 쏙 빼놓을 만큼 시끄러웠다.

"제 방이 2층이지만 거의 1층이나 마찬가지거든요. 이거 달면 안심이 될 것 같아요."

"근데 어디서 자취해요?"

"홍대요."

"아, 홍대요."

홍대라고 하니, 뭔가 아는 체를 하고 싶었지만 이런 만남의 특성상 빨리 확인하고 헤어지는 게 예의일 수 있었다.

그런데 여학생이 떠나고 얼마 뒤에 알았다. 커튼과 함께 판매했던 커튼 봉과 핀을 빼고 준 것이다.

- 혹시 어디쯤인가요. 제가 핀하고 커튼 봉을 안 넣었네요.

- 저 홍대역이요. ㅠㅠ

아, 벌써!! 그래, 지하철은 빠르지. 나는 그 동네에서 핀과 커튼 봉을 사라고 하고 얼마간 이체를 해주고 싶었지만 마음과 다른 말을 하고 말았다.

- 제가 모레 서울에 갈 일이 있어요. 핀하고 봉 그때 드려도 될까요.

- 아, 저는 괜찮지만…….

- 부모님이 그 근처에 사세요. 지나는 길에 전해 드릴게요.

　나는 몹시 예민한 성격을 가졌음에도 이렇게 꼼꼼하지 못해 몸이 고단할 때가 많았다.

딸기 우유색
커튼 2

부모님의 집은 홍대에서 가까웠다. 나는 엄마가 그간 나에게 반찬을 담아 주었던 반찬통과 여학생에게 반드시 전달해야 할 핀과 커튼 봉을 가지고 홍대로 출발했다.

생각보다 일찍 도착해서 상상마당 근처의 유료 주차장에 차를 세우고 홍대 앞으로 갔다. 여학생은 사정이 생겨 약속 시간보다 늦을 것 같다고 했다. 나는 모처럼의 여유가 좋아 천천히 오라고 했다.

그날, 홍대에 갔으니 홍대에 대한 기억을 쓰지 않을 수 없다.

엄마가 나를 가졌을 때 몸이 좋지 않아 아버지가 용을 먹

게 했단다. 용의 효용이 산모에게 닿지 않고 뱃속의 아이한
테 갔던 모양이다. 나는 달수를 조금 넘기긴 했지만 4㎏에
육박한 채로 태어났는데, 당시에 이렇게 무게가 많이 나가
는 아이들은 흔치 않았다고 한다. 하도 토실토실해서 우량
아 선발 대회 같은 데 내보내면 1등은 따 놓은 당상이라는
말을 들으며 자랐다.

　바람이 쌀쌀했던 가을이었다. 언니는 홍익여중에 다녔는
데, 학교에 중요한 뭔가를 두고 왔다고 했다. 언니는 혼자
가기 심심하다며 나를 데리고 갔다. 나는 신이 나서 강아지
처럼 따라나섰다.
　교실에서 뭔가를 챙긴 언니는 내 손을 잡고 어두운 복도
를 지나 운동장으로 나왔다.
　교문을 나서기 전, 누군가 말을 걸었다. 당시 내 어린 눈
에는 아저씨, 지금 생각해 보면 20대 중후반의 남자였을
것이다. 그는 친절한 얼굴로 말했다. 잠깐 같이 가줄 수 있
느냐고. 그러고는 사탕을 주겠다고 했다. 남자의 인상은 선
했고 말투는 친절했다. 그런데 나는 분명히 교육을 받았다.
모르는 사람을 따라가면 절대 안 된다고.
　그런데 두 자매는 왜 그랬을까. "싫어요!"라고 말하지 못
했다. 나야 그렇다 치고 중학생이나 된 언니는 왜 그 아저

씨를 따라갔을까.

홍대 안에 있다고 모두 홍대생이 아니었을 텐데, 언니는 믿어도 되는 사람이라고 생각했을까. 그리 멀지 않은 어느 건물 안으로 들어갔다. 7살의 나는 이 아저씨가 나쁜 사람일까 아닐까 조바심이 났다. 그런데 남자는 어느 문 앞에서 발을 멈췄다. 복도는 컴컴했지만 문을 여니 우리가 서 있던 복도로 환한 불빛이 와르르 쏟아져 나왔다. 그 안은 밝고 넓고 도서관처럼 책이 많아 공부하는 사람들이 머무는 곳 같았다. 안에 있던 남자 두 명이 나를 보고 반색을 했다.

"거기 앉아 볼래?"

지금 기억으로 내 허리 정도 높이의 둥근 단이 있었고, 그 둥근 단 위에는 목마가 있었다. 목마 다리 네 개에는 스프링 같은 것이 붙어 뭔가 쿨렁쿨렁 움직이는 것 같았다. 나는 머뭇거리다가 시키는 대로 목마에 엉덩이를 붙이고 발판에 두 발을 얌전히 놓았다. 그런데 이럴 수가! 내 발이 발판에 놓이고 얼마 안 돼 정말 "쿵" 하는 소리가 났다. 지금 생각해 보니 쇼바 같은 게 그냥 내려앉은 것 같았다.

친절했던 아저씨들의 얼굴에 난처함이 스쳤다. 특히 우리를 인도했던 그 젊은 아저씨인지 오빠인지는 내가 봐도 자기보다 나이가 많은 아저씨들 앞에서 어쩔 줄 몰라 하는 것 같았다. (교수와 조교 정도의 관계가 아니었을까 싶다)

"아, 내려와도 돼."

다행히 그들은 우리 소녀들에게 화를 내지 않았다. 한 아저씨가 나에게 인심 좋게 사탕 한 봉지를 주며 고맙다고 했다.

1976년의 가을이었다. 어렸지만 나는 너무나 큰 민망함을 느끼며 학교를 다 벗어났을 때야 언니에게 풀이 죽은 목소리로 말했다.

"언니, 내가 뿌신 거야?"

언니도 풀이 죽은 목소리로 망가진 것 같다고 말했다. 그날, 별일 없이 집으로 돌아올 수 있었으나 언니와 나는 집에 도착했을 때 부모님께 그 이야기를 하지 않았다. 모르는 사람을 쫓아갔다고 하면 엄청 혼이 날 것 같았다. 게다가 그들의 발명품을 내 체중으로 '뿌셔' 버린 것도 어린 마음에 잘한 일은 아닌 것 같았다. (나는 오랫동안 용을 먹은 엄마와, 용을 먹인 아빠의 선택을 원망했다.)

여학생이 조별 과제 때문에 늦었다며 사과를 했다. 나는 기다리는데, 전혀 힘이 들지 않았다고 말했다. 길거리에 서서 커튼 다는 법을 알려 주었다. 21살이었는데, 단 한 번도 커튼을 단 적이 없다고 했다. 별로 어려운 게 아니지만 여학생이 먼저 "커튼 좀 달아 주시면 안 돼요?"라고 물었다면

"왜 안 되겠어요. 집이 어딘데요?"라고 말했을 것이다. 하지만 낯선 사람을 함부로 믿으면 안 되는 법. 특히 중고거래에서 만난 사람들 간에는 지켜야 할 선이 있다.

　세상사 다 좋은 일도 다 나쁜 일도 없다는 말에 깊이 공감한다. 커튼을 잘못 주문한 것도, 핀과 커튼 봉을 빼먹어 홍대에 오게 된 일도 좋은 일이었다. 이 일 덕에 엄마와 맛있는 저녁을 먹었고, 이런 고백도 쓸 수 있게 됐으니 말이다.

#코렐유리도마 #아기에게먹히는내얼굴

우리 집에 온
양배추 인형

오늘은 도마만 정리하겠다는 자세로 집에 있는 도마를 모두 꺼냈다. 캄포나무 도마, 스텐 도마, 유리 도마 두 개, 조셉조셉 폴리오 양면 도마, 플레이팅 도마, 이외에도 칼집에 강한 항균 도마, 마지막으로 내가 공방에서 직접 만든 도마가 있었다.

가장 자주 쓰는 도마는 캄포나무 도마와 칼집에 강한 항균 도마였다. 스텐 도마는 자주 쓰진 않았지만 수육같이 뜨거운 음식을 썰 때 요긴했고 나무 도마보다 위생적이었다. 하지만 디자인이 예뻐서 샀던 조셉조셉의 양면 도마는 도대체 왜 샀는지 모르겠고, 플레이팅 도마 역시 쓸 일이 거의 없었다. 내가 공방에서 직접 만든 도마와 코렐 유리 도마도 이상하게 손이 가질 않았다.

캄포 도마, 스텐 도마, 항균 도마만 남기고 모두 당근마켓에 올렸다. 조셉조셉 폴리오 양면 도마와 플레이팅 도마는 금세 판매가 되었다. 내가 공방에서 만든 도마는 가격을 깎아 달라는 요청을 수락했더니 역시 바로 판매가 되었다. 그러나 코렐에서 나온 난초 그림이 들어간 유리 도마는 팔리지 않았다. 유리 도마는 매우 위생적이긴 하지만 칼이 도마에 닿을 때마다 "으악, 소름!" 소리가 절로 나왔다. 칼날이 망가지는 느낌이 온몸으로 전해졌다.

당근마켓에는 '끌올'이란 기능이 있다. 그때 가격을 낮추면 내 물건에 관심을 가진 사람들에게 가격이 떨어졌다는 알림을 보내 준다. 유리 도마의 가격을 낮춰 끌올을 하자 도마를 사러 오겠다는 사람이 있었다. 그 사람의 판매 물건을 보니 온통 유아용품이었다. 모빌, 목욕 대야, 신생아 슬링, 아기띠, 아기힙시트, 유모차, 유축기 등등. 본의 아니게 나에게 필요도 없는 유아용품을 감상했다.

유리 도마는 두 개였다. 작은 것과 큰 것이 부딪히지 않게 에어쿠션으로 감아 쇼핑백에 넣었다. 구매자가 문 앞에 도착했다는 톡을 보냈다. 문을 열고 나가니 아장아장 걷는 아기와 아기 엄마가 서 있었다. 내 눈앞에 있는 아기는 오래전에 인기가 있었던 '추억의 안데르센 양배추 인형'처럼 생겨 나를 놀라게 했다.

"어머, 예뻐라. 몇 살이에요."

"20개월이에요."

"진짜 오랜만에 아기를 보네요. 근데 아기 머리 퍼머한 거예요?"

아기 엄마가 아기 머리는 곱슬이라고 말했다. 아기는 잘 자고 잘 먹는 모양이었다. 살이 통통하게 오른 모습이 사랑스러웠고 낯가림도 없이 방긋방긋 웃었다. 그런데 이 꼬마가 내 다리를 지나 우리 집의 열린 현관으로 들어가려고 했다. 겁쟁이 레담이는 인기척을 느끼고 집 안 어딘가로 도망을 쳤을 테지만, 도담이가 문 앞에서 한 번도 본 적 없는 작은 인간을 유심히 보았다. 아이 엄마가 고양이를 보고 깜짝 놀라 딸아이를 바짝 안았다. 아이 엄마의 얼굴이 순간 질린 것 같았다. 아이 엄마는 한 손에 아기를 안고 다른 한 손엔 내가 준 쇼핑백을 든 상태였다.

"제가 현금이 없어서요. 물건값 이체해 드릴게요."

"괜찮아요. 그냥 가져가셔도 돼요."

유리 도마의 판매 가격은 4천 원이었다.

"아니, 그래도…."

"정말 괜찮아요. 칼 닿을 때만 조심히 써주세요. 전 유리랑 칼날 닿을 때 약간 소름이 끼쳐서."

감정이 담긴 내 제스처와 표정이 마음에 들었던 걸까. 아이가 까르륵 소리를 내며 웃었다. 믿거나 말거나 내가 아기들한테 좀 '먹히는' 얼굴이다. 엘리베이터에서 만난 어떤 유아는 내가 다가가 귀엽다고 하자 내 머리카락을 한 움큼 잡고 까르르 웃었다. 나도 당황했지만 그때 그 아이의 가족들이 더 놀랐다.

코렐 유리 도마를 판매완료로 바꾸었다. 나는 혼잣말을 했다.

"미션 클리어!"

이제 우리 집에는 항균 도마와 스테인리스 도마와 캄보 도마 딱 세 개만 있다. 이 글을 다 쓰면 캄보 도마는 햇빛에 말리고 플라스틱 도마와 스테인리스 도마는 끓는 물에 소독을 해야겠다.

#썰매와쌀푸대 #흰눈위의꽃분홍

도마는
달린다

도마를 팔고 나니 도마에 대한 에피소드를 꼭 전하고 싶다. 11살 겨울방학이었는데, 눈이 많이 내린 날이었다. 아이들이 골목으로 우르르 쏟아져 나왔다. 나는 이사를 온 지 얼마 안 됐기 때문에 동네 아이들과 안면만 튼 상태였고 친한 아이는 없었다. 아이들은 신이 나서 눈싸움을 하고 연탄을 굴려 눈사람을 만들었다.

비탈이 진 곳은 미끄러웠다. 아이들은 그 비탈이 더 더 맨들맨들해지길 바랐다. 한 아이가 썰매를 가지고 나왔다. 반듯한 사각의 나무는 어린 내 눈에도 길이 잘 들어 있었다. 또 다른 아이들도 사각의 나무 썰매를 가지고 나와 질서 정연하게 줄을 섰고 자신의 차례가 오면 썰매를 탔다. 썰매가 없는 아이들은 썰매가 있는 아이들을 졸랐다. 하지만 나는 부탁할 아이가 없었다.

비탈길 맨 위에는 청록색 철문이 있었고 그 문 안엔 사람들이 살았다. 문 밖으로 나온 어른들은 아이들을 나무라지 않고 미끄럽지 않은 비탈의 가장자리로 조심조심 이동했다. 내가 예전에 살던 동네였다면 길 미끄럽지 말라고 당장 연탄재를 부셨을 것이다.

그때, 한 아이가 내 앞까지 썰매를 타고 내려왔다. 가까이서 썰매를 보니 머릿속으로 환하게 불이 들어왔다.

"썰매가 도마랑 똑같이 생겼네!"

엄마는 외출하고 집에 없었다. 나는 부엌에서 나무 도마를 가지고 나왔다. 도마 아래쪽에는 두 개의 다리가 붙어 있었는데, 그것 덕분에 언덕길을 더 잘 타고 내려올 수 있을 것 같았다.

예상했던 대로 아이들의 썰매와 비교해도 우리 집 도마는 뒤지지 않았다. 그 애들은 썰매를, 나는 도마를 옆에 끼고 줄을 섰다. 아이들은 안전을 생각했다. 앞에 아이가 썰매를 타고 어느 정도 내려간 뒤에야 이어서 탔다. 나도 앞에 아이가 거의 다 내려갔을 때 세상에서 가장 깨끗한 썰매에 엉덩이를 붙였다.

"출발!"

미끄럼틀을 타는 것과는 다르게 아슬아슬했다. 도마에서 엉덩이가 떨어지지 않게 몸을 뒤로 눕히다시피 하고 도마의 양옆을 꽉 잡았다. 다른 아이들만큼 쌩하니 내려가지 못했지만 나는 충분히 만족했다. 그런데 내 몸이 도마와 함께 한 바퀴 빙그르르 돌아 벽 아래쪽에 두 발이 닿았을 때 어디서 아주 익숙한 목소리가 들려 고개를 들었다. 엄마였다.

"어머어머, 얘가 미쳤어."

엄마는 나를 집으로 끌고 왔고 부엌에서 쓰는 도마를 썰매로 쓰면 어떻게 하냐고 야단을 쳤다. 그날 밤, 아빠와 큰오빠와 둘째 오빠와 언니가 연달아 야단을 치거나 꿀밤을 먹였다. 당시 우리 집에는 머리가 엄청 좋은 몽실이라는 마르티스가 한 마리 있었다. 내가 혼나고 있는데 갑자기 와서 나를 여러 번 깨물었다. 그때의 서러움이란…!

내가 억울했던 건 이렇게 혼이 날 일이라면 썰매를 여러 번 탔어야 하는데, 딱 한 번밖에 타지 못했다는 것이다. 겨울방학 내내 그 비탈길만 보면 뭔가 일을 저지르고 싶은 충동에 마음이 간질간질했다.

그로부터 20여 년이 지났다. 개한테도 혼이 난 그 아이가 어른이 되어 비탈길에 살게 되었다. 전세난이 한창이었던 2002년 가을 즈음, 나는 운 좋게 전셋집을 구했다. 위치는 신림동이었다. 마을버스를 타고 종점까지 올라가면 내가 구한 집이 나왔다. 앞에서 보면 1층이고 뒤쪽은 벽의 3분의 2가 땅에 묻혀 있었지만 나는 월세가 아닌 전세를 구했다는 것만도 감지덕지하는 마음에 서둘러 계약을 했다. 종종 큰 거미가 출몰하여 나를 기겁하게 했지만 관악산의 정기를 받아 그런 건지 공기도 좋고 집주인도 좋고 주거환경은 전반적으로 만족했다. 단, 눈이 오기 전까지 말이다.

폭설이 내린 오전 나는 대문 앞에서 기겁을 했다. 일단 마을버스가 비탈길을 올라오지 못했다. 출근을 하려던 사람들은 버스 정류장 앞에 서서 발을 동동 굴렀다. 차가 있는 사람들도 운전을 포기했다. 누군가 아이젠을 붙이고 비탈길을 조심조심 내려갔다. 그러나 경사가 얼마나 심한지 내려가던 사람들 모두 중심을 잃고 엉덩방아를 찧으며 주르륵 아래로 흘러내려 갔다.

나는 회사에 전화를 걸어 상황을 이야기했다. 안전한 지대에 사는 상사는 내 말을 안 믿는 눈치였다. 나는 월차를 쓰고 싶다고 했다. 상사는 대뜸 이렇게 말했다.

"거기 동네 안 좋다고 이사 가지 말라고 했잖아."

상사는 악의를 가지고 한 말은 아니었을 것이다. 그런데 나는 그의 말에 불쾌감을 느꼈다. 누군 자기처럼 좋은 아파트에 안 살고 싶나. 나는 마을버스를 포기하고 차가워진 마음으로 백설의 언덕을 내려다보았다.

눈은 계속 내리고 쌓인 눈은 단단해졌다. 누군가 염화칼슘을 뿌렸지만 어림도 없었다. 그때 같은 건물에 사는 세입자가 나타났다. 그녀는 화가 많은 사람이라 내 친구의 차가 주차돼 있으면 당장 차를 빼라고 소리를 질렀고, 내가 분리수거를 잘못했다고 일장 연설을 하기도 했다. 집주인은 자기도 가만히 있는데 왜 지가 나서서 사람들한테 난리를 치는지 모르겠다는 푸념을 했다. 나뿐 아니라 이웃 사람들은 그 아주머니의 '참교육' 대상자들이었다.

"아이고 어쩌려고 눈이 이렇게 와."

아주머니는 주위를 한 번 쓱 둘러보더니 쌀 포대를 바닥에 척 소리가 나게 깔았다. 연세가 조금 있는 한 아저씨가 물었다.

"설마, 타고 내려가시려고?"

나는 그때까지도 몰랐다. 아주머니가 뭘 하려는지.

"출근 안 하면 바로 짤려요."

아주머니는 그 말을 남기고 백설의 언덕을 쌀 포대를 타고 멋지게 내려갔다. 누군가의 혼잣말이 들렸다.

"어, 괜찮네."

쌀 포대가 괜찮다는 건지, 아주머니의 썰매 솜씨가 괜찮다는 건지 모르겠지만 나도 집에 쓸 만한 쌀 포대가 있는지 떠올려 봤다. 밥도 잘 안 해먹어 쌀이 없는 집에 쌀 포대가 있을 턱이 없었다. 집으로 들어가 도마를 보았다. 과거의 엄마가 쓰던 도마와 비교해 보니 플라스틱 도마는 너무 작고 그사이 내 궁둥이는 너무나 커져 있었다.

몇몇은 아이젠을 끼고 내려갔다. 몇몇은 포기하고 집으로 들어갔다. 나는 일상복 위에 땀복을 입고 제일 믿음직한 운동화를 꺼내 신었다. 그러고는 백팩을 맸다. 백팩 안에는 출근할 때 입는 모직 코트가 있었다. 안타까운 건 내 땀복이 아주 진한 꽃분홍이었다는 것이다. 흰 눈 위의 꽃분홍이라니. 사람들의 시선이 다 나한테 몰리는 것 같았다. 어떤 사람이 나의 모험에 찬사를 보냈다.

"아가씨, 짱! 멋져요."

바닥이 빨강인 목장갑을 낀 건 정말 잘한 일이었다. 나는 비탈길에서 셀 수 없이 슬라이딩했지만 무사히 언덕을 내려왔다. 아랫동네의 정거장은 이미 제설 작업이 이루어진 상태였다. 안전한 지대에 내려왔지만 문득 슬픈 생각이 들었다.

지금도 도마와 쌀 포대를 보면 그것들의 고유한 기능 이외의 것들이 생각난다.

유튜브에서 과거의 영상이 화제가 된 적이 있었다. 물이 불어 허리까지 찬 거리를 직장인들이 출근 복장으로 꿋꿋

하게 지나는 장면이었다. 영상의 주제는 '출근에 대한 집념을 보이는 한국인은 멋지다'였다. 감전이나 물에 떠밀려 내려갈 수 있는 위험을 무릅쓰고 물 속을 걷는 것이다. 출근이 뭐길래.

고도리는 5개월째 모 대기업의 협력 업체에서 근무 중이다. 정규직이 됐다지만 이직율이 높은 직종이다.

"너무 힘들면 그만둬도 돼."

"응. 힘들면 말할게."

내 부모님들은 끈기를 갖고 일해라, 회사에 충성하라, 선배와 상사를 존경하라고 가르쳤지만 나는 다르게 말한다.

"부당한 일이 있으면 참지 마. 너무 힘들면 그만둬. 엄마 집에 쌀 있어. 쌀 포대는 없지만…."

2부

사다

목욕하는
고양이들

　고양이는 스스로 청결 유지가 가능
한 동물이다. 비결은 독특한 혀에 있
다. 혓바닥에는 섬세한 케라틴 돌기가 촘
촘하게 돋아 있는데, 그 돌기가 참빗 같은
기능을 하여 죽은 털과 털 사이의 이물질 등을 제거한다.
일명 그루밍이다.

　그러나 고양이도 집사의 도움을 받아 목욕을 해야 할 때
가 있다. 꿀 같이 끈적이는 액체가 묻었거나 실수로 분변을
밟았을 경우가 그렇다. 이런 때는 아무래도 보호자의 개입
이 있어야 곤란한 상황에서 빨리 벗어날 수 있다.

　우리 집 고양이들은 일 년에 두세 번가량 목욕을 하는 편
이다. 물을 좋아한다고는 할 수 없지만, 그렇다고 보통의

고양이들만큼 거부반응이 격하지 않
은 편이다. 물론 목욕시킬 때 엄청
나게 냥냥 거리긴 한다. 아마 번역
기를 돌린다면 이럴 것 같다.

"집사야, 손이 무척 느리구나…
빨리 끝내란 말이다!"

본격적인 장마가 시작되기 전, 나는 당근마켓에서 '페스
룸 릴렉스 샤워'를 무려 7천 원에 파는 걸 보고야 말았다. 이
제품은 배송비까지 포함하면 3만 원이 넘는 제품이다. 페스
룸 샤워기는 기존 샤워기의 헤드를 제거한 후 샤워 호스에
장착해서 사용하는데, 샤워기 헤드에 브러시가 달려 있어서
여러모로 편리해 보였고, 후기 또한 좋았다.

그런데 왜 이렇게 싸게 파는 거지? 알고 보니 판매자의
강아지는 샤워기를 너무나 싫어했다. 그리고 어느 날인가
손잡이 부분을 사심 가득 깨물었고, 그만 제품 그림 위에
잇자국이 나고 말았던 것. 그러나 기능상의 문제는 전혀 없
다고 했다.

슬그머니 웃음이 났다. 강아지가 얼마나 목욕이 싫었으면
샤워기 손잡이에 복수를 했을까.

나는 판매자에게 구매 의사를 전했다. 그런데 판매자가 거래를 원하는 장소는 우리 집에서 6킬로미터 이상 떨어진 곳이었다. 왕복 12킬로미터면 조금 부담이 됐다. 나는 너무 멀어 구매가 어려울 것 같다는 톡을 보냈다.

　"그렇네요, 너무 머네요. 그럼 반값 택배로 보내드릴까요?"
　"반값 택배가 뭔가요?"
　"아, 편의점에서 물건을 보내면 편의점에서 받는 거예요."
　"편의점 어디요?"
　"제가 꽃뫼댁님 집에서 가까운 CU나 GS 편의점으로 샤워기를 보낼 수 있어요. 택배비도 반값이고요."

　내가 편의점 반값 택배를 처음 알게 된 순간이었다. 심지어 택배비도 2천 원이 안 된다니. 여러모로 번거로울 일임에도 물건을 보내주겠다는 판매자에게 고마움을 느꼈다. 나는 물건값과 택배비를 송금했다.

판매자는 꼼꼼한 사람이었다. 물건을 보내면서 송장을 찍어 전송했고, 물건이 도착했을 즈음 편의점에서 물건을 찾아가라는 톡도 해주었다. 물건을 제때 찾아가지 않으면 반송이 될 수 있다는 말을 덧붙이며.

편의점에서 물건을 찾았다. 샤워기 포장도 깨끗하게 잘 되어 있고, 그 안에 수압과 관련하여 간단한 주의사항까지 적어 주었다. 누군가는 고작 7천 원짜리 거래를 하며, 무에 그리 수고로운 일을 다 하냐고 고개를 절레절레 저을 수도 있다. 나 역시 당근마켓으로 물건을 사고팔기 전이었다면 비슷한 태도를 보였을 것이다. 그러나 사고, 팔고, 나누는 이력을 쌓은 지금의 생각은 다르다. 중고거래를 통해 이처럼 물건을 순환시키는 것이 경제적 이익만을 고려한 것이 아니라는 걸 깨닫게 된 결과다. 단순히 필요 없는 물건을 처분하고, 좀 더 값싸게 사는 것 이상의 즐거움과 의미를 느끼는 이웃들이 알게 모르게 많으리라 생각된다.

내게 반값 택배를 알려 준 판매자처럼.

나는 샤워기를 받은 날, 집사들이 어려워하는 고양이 목욕을, 그것도 두 마리 모두 수월하게 끝낼 수 있었다. 브러시가 달린 샤워기 헤드는 기대했던 만큼 제 기능을 다했다. 죽은 털을 잘 빗겼고, 거품 제거에도 효과적이었다.

고양이 목욕을 끝낸 뒤에, 샤워기 분리가 귀찮았던 나는 동물용 샤워기 헤드로 내 머리를 감아 보았다. 원래 머리 감을 때 두피 브러시를 사용했기 때문에 어색하지 않았다. 오히려 만족스러웠다. '온 가족이 써도 되겠는 걸!' 남 집사에게도 머리를 감아 보지 않겠느냐고 미소를 지으며 권했다. 남 집사는 목욕 당하는 고양이 같은 표정으로 고개를 크게 저었고, 신속하게 브러시 샤워기 헤드를 분리, 기존의 것으로 교체해 버렸다. 페스룸 샤워기는 연중행사에 다시 등장할 것이다. 다행히 우리 집 고양이들은 샤워기 헤드에 잇자국을 낼 생각은 없어 보인다.

촉촉한
거래

마스크를 몇 년 쓰고 나서부터였
다. 입술 아토피가 생겼다. 피부과에
가기 전까지 그것도 모르고 입술이 아
플 때마다 각 브랜드의 좋다고 하는 립
밤은 다 사다 바른 것 같다. 그 결과 증세는 더 악화되었다.
약까지 처방받아 먹었지만 호전이 되지 않았다. 입을 약간
벌리는 것도 힘들어 식사가 조심스러웠고, 간이 있는 음식
물이 입술에 닿으면 많이 아팠다.

아토피 카페에서 보습을 하지 않는 '노보습'이 입술 아토
피에 좋다는 말을 듣고 혹시나 해서 시도해 보았다. 아토피
가 있을 경우 샤워 후 물기가 마르기 전에 보습제를 발라야
하는 걸로 알고 있었다. 그러나 입술 아토피는 조금 다른

양상을 띠는 것 같았다. 노보습 10일차가 됐을 때 신기하게도 아토피 증상이 호전되었다. 그러나 건조한 건 여전해서 보습제가 필요했다.

나와 증세가 똑같은 분이 라메르 립케어 제품을 써보라고 했다. 립밤을 구해 조심조심 갈라진 입술에 발랐다. 다행히 조금씩 나아지는 것 같아 만족했다.

그런데 이렇게 슬픈 일이 다 있나! 내 외투 주머니가 너무 얕았던 모양이다. 립밤이 주머니 밖으로 도망쳤다. 출근길에 주차장을 향해 조금 빠르게 걸었는데 뭔가 톡, 하고 떨어지는 소리가 났다. 바닥을 보았지만 아무것도 없었다. 그때 잃어버린 것이다. 입술 상태가 점점 좋아지고 있는데, 립밤이 사라지다니. 집에서 가장 가까운 백화점으로 차를 몰았다. 폐점 시간 안에 도착할 수 있을 것 같았다. 그러나 퇴근 시간이었고 나는 차선을 잘못 타는 바람에 다른 도시로 넘어갔다. 유턴을 해서 왔을 때는 백화점 입구로 들어갈 수 없었다.

'내일까지 기다려야 하나. 오늘밤을 어떻게 버티지?'

갓길에 차를 세우고 혹시나 하는 마음으로 라메르 립밤을 검색했다. 당근마켓에 동일한 상품을 두 개 선물 받아 하나는 판매한다는 글이 있었다.

나는 톡을 보내 바로 구매가 가능하냐고 물었다. 판매자는 우리가 만날 좌표를 찍어 주었다. 마침 그리 멀지 않은 곳이어서 약속 장소까지 금세 갈 수 있었다. 약속 장소인 초등학교 정문 앞에 차를 대고 기다리는데, 젊은 여성 분이 조수석 쪽 창문을 노크했다. 나는 물건을 받고 그 자리에서 계좌 이체를 한 후 잘 쓰겠다고 말했다.

집에 돌아오자마자 세수를 하고 립밤을 발랐다. 바짝 마른 찰흙 같았던 입술이 촉촉해졌다.

닭가슴살과 호밀 식빵을 주재료로 다이어트 샌드위치를 만든 적이 있다. 그때 스리라차로 소스를 만들었는데, 그 소스 때문에 입술 아토피가 심해진 것 같기도 하다. 지금도 스리라차가 입에 닿으면 상태가 급격히 안 좋아진다.

다행히 나을 때가 되어 호전이 된 건지, 다른 이유로 입술 아토피가 소강상태에 있는 건지 모르겠다. 요즘은 라메르 립밤의 약 20분의 1의 가격에 구매한 새로운 립밤을 사용하고 있다. 그것은 '베이비 오가닉 마일드 립밤'으로 아기들의 제품이지만 어른이 써도 무리가 없다. 아무튼 립밤을 즉시 구할 수 있었던 그 거래는 내 기억에 매우 촉촉하게 남아 있다.

tmi
베이비 오가닉 마일드 립밤 강력 추천!

쿡에버
찜기

집으로 동료 작가 몇 명을 초대했다. 코로나19로 거의 4년 여 만에 얼굴을 보는 거였다. 하루하루 만날 날을 손꼽아 기다렸다. 손님들은 힘들이지 말고 배달 음식을 시켜 먹자고 했다. 그런데 음식을 잘하지도 못하면서 직접 만들어 상을 차리고 싶었다. 유튜브에서 검색을 하다가 마음에 드는 메뉴를 찾았다.

"오호, 이게 좋겠다."

먼저 숙주를 씻었다. 그리고 얇게 저민 소고기로 팽이버섯과 깻잎과 양파를 돌돌 말았다. 그렇게 야채를 싼 고기를 숙주 위에 보기 좋게 올린 후 고기가 익을 즈음 깨끗이 씻은 부추를 넣고 숨을 죽이면 된다. 그런데 재료가 거의 다 준비되었을 때 알았다. 우리 집에 이 음식을 찔 마땅한 찜기가 없다는 것을.

　습관처럼 당근마켓에서 스텐 찜기를 찾아보았다. 내가 찾던 찜기가 보였다. 판매자는 사용한 제품이라고 했는데, 그래서 더 좋았다. 연마제를 닦아 내야 하는 수고를 안 들여도 되니까. (스텐의 연마제를 닦아 본 사람은 알 것이다.)

　판매자는 길 건너 대단지 아파트에 살았다. 지금 구매가 가능한지 물으니 판매자는 외출을 해야 하니 자신의 아파트 입구에서 만나자고 했다. 나는 휴대폰과 현금을 챙겨 집에서 나왔다.

　회갈색의 머리카락을 가진 여성 분이 아파트 입구에 서 있었다. 그분은 굵은 실로 짠 그물 형태의 가방을 메고 있었는데 전반적으로 부드러운 느낌이었다. 나는 찜기를 받으러 왔다고 말했고 그분은 비닐봉지를 내 쪽으로 주며 슬쩍 내 배를 보았다. 나도 따라 내 배를 보았다. 아, 앞치마를 매고 냅다 뛰어온 줄도 몰랐다.

　"많이 급하신가 봐요."

"집에 손님이 오는데 찜기가 없어서요."

그분은 판매 조건에 반드시 대면 거래로 현금만 받겠다고 써놓았다. 종종 사기 사건이 발생하니 안전을 위해선 좋은 방법 같았다. 나는 준비한 현금을 건네고 물건을 받았다.

"실물로 보니 더 좋네요. 잘 쓰겠습니다."

"양배추 쪄 먹을 때 쓰던 건데, 집에 비슷한 게 너무 많아 팔아요."

그분 덕분에 무사히 상을 차릴 수 있었다. 손님이 돌아간 후 나는 당근마켓에 들어가 그분이 어떤 물건을 파는지 확인해 보았다. 판매하는 물건과 물건을 설명하는 문장을 보면 상대가 어떤 취향을 가졌는지 조금은 짐작이 갔다. 그런데 그분이 판매하는 여러 품목 중에 너무 반가운 것이 보였다. 그것은 나도 가지고 있던 에이라인 롱스커트였다. 색깔은 연두색이었고 치마 하단에 앙증맞은 희고 노란 꽃이 수놓였다. 그 꽃을 지금 굳이 동정해 본다면 '개망초'다.

나는 서른 전후로 잠시 잠깐 연두와 초록에 미쳐 있었던 것 같다. 슈퍼 모델 이소라가 머리를 초록색으로 부분 부분 염색을 했는데 나도 따라 머리를 물들였던 것이다. 게다가 그 연두색 롱스커트에 길이가 짧은 니트 상의를 입고 다녔는데, 사실 니트는 무지개색이 다 들어가 있었다.

"100미터 밖에서도 널 찾을 수 있을 거 같아. 너무 난해해."

당시에 사귀던 남자친구가 고개를 저었다. 그즈음 남이 어떻게 생각하든 말든 내가 입고 싶은 옷을 구매해 입었다. 1999년 세기말이었다.

1999년의 추억에 빠진 나는 연두색 스커트를 사겠다고 톡을 보낼 뻔했다.

tmi

남 집사는 잘 익은 양배추 찜을 좋아한다. 그래서 찜기에 양배추를 찌면 고추장을 찍어 먹는다. (나는 쌈장!) 쿡에버 찜기는 지금도 우리 가족이 자주 사용하는 주방용품 중 하나이다.

알뜰한
청소년

    자주 가는 미용실이나 안면을 튼 슈퍼 아주머니, 또는 이사 등으로 만나게 되는 사람들이 묻곤 한다.

"무슨 일 하세요?"

"아, 네, 그냥 작게 학원을 해요."

"무슨 과목인데요?"

"맞춰 보세요. 무슨 과목 같은데요?"

"음… 수학?"

    나는 박장대소를 했다. 이게 웃을 일인가? 그런데 웃음은 전염이 된다고 사장님이 웃으니 미용실 안의 손님들도 덩달아 웃었다.

"제가 제일 싫어하고 진짜 못했던 과목이 수학인 걸요. 그렇게 봐주셔서 고맙습니다."

사실 직업에 대해 구구절절 이야기하는 걸 좋아하지 않아 얼버무릴 때가 많았다. 어쩔 수 없이 정확히 전달해야 할 때는 아래처럼 말해야 한다.

"본업은 소설을 쓰지만 글로 밥벌이가 안 돼 청소년들에게 국어를 가르치는 학원을 하고 있습니다. 그런데 두 직업 모두 저에게 소중합니다."

가슴에 손을 얹고 생각해 본다. 두 일을 모두 소중히 여기는가. 그렇다. 1초도 망설일 것 없이 모두 소중하다고 말할 수 있다.

나는 습작기가 길었지만 등단은 2007년에 했다. 당시 나이 38살, 새 나이 36살. 지금 보면 아주 많이 늦은 것 같지는 않지만 내가 등단을 하니 주변에선 늦은 나이라고 말했다. 어쨌거나 나는 소설가가 되고 싶었고 결국은 됐다. 아직까지도 다른 것도 아닌 소설가일 수 있었던 것은 역설적이게도 내 생업 덕분이다. 안정적으로 글을 쓰려면 고정적인 수입이 있어야 했다.

올해는 유독 새 학기에 분주했다. 내 글쓰기도 바빴고 내가 가르치는 학생들도 새 학기를 맞아 학교생활에 적응을 하느라 고생이 많았다. 게다가 올해처럼 아이들이 많이 아팠던 해도 없는 것 같다. 과로로 면역력이 떨어진 데다가 일교차까지 심하니 아이들이 감기를 달고 살았다.

그런데 나는 아이들과 한 강의실에 있었지만 나의 강력한 면역력 덕에 코로나바이러스도 걸리지 않았다고 공공연히 자랑하고 다녔다. 이런 잘난 척은 해선 안 되는 것이다.

그날은 몽롱한 상태에서 책 정리를 했다. 감기약 때문이었을까. 참고 자료로 쓰던 파일과 학생용 자습서를 깔끔하게 분리수거해 버렸다. 당장 저녁에 수업이 있는데, 다시 책을 사자니 너무나 아까웠다.

검색을 했다. 당근에 설마 자습서가 있으려고? 그런데 있었다. 집에서 2.9킬로미터 떨어진 곳이었다. 나는 자습서 판매자와 아파트 입구 편의점 앞에서 만나기로 했다.

교복을 입은 한 여학생이 다가와 당근이냐고 물었다. 나는 그렇다고 대답했다. 여학생이 책이 든 쇼핑백을, 나는 준비한 현금을 교환했다.

"저기요, 제가 2학기 책도 넣었어요."

사실 2학기 자습서는 필요가 없었지만 나는 고맙다고 말했다. 그런데 이상하리만치 미안해하는 표정이 역력했는데, 수줍어서 그런가 싶었다.

집으로 돌아와서 책을 펼쳤다. 문제가 대부분 풀려 있었다. 그뿐만 아니라 군데군데 동글동글한 그림이 가득 그려져 있었다. 나야 자습서를 참고 자료로만 쓸 거라 문제가 다 풀려 있든 안 풀려 있든 상관이 없지만 만약 문제를 풀기 위한 용도로 구매를 했다면 뒷목을 잡았을 것이다. 판매자가 쓴 글을 확인해 보았다.

책은 깨끗하지만 문제는 3분의 2 정도 풀려 있어요.

낙서도 조금 있습니다. ㅠㅠ 그래서 3천 원에 싸게 파는 거예요.

원하시면 2학기 책을 드릴게요.

중고 책에 예민한 분은 사지 말고

서점에서 새 책을 사세요.

반품 안 되니 제발 신중한 구매를 해주세요.

알뜰한 청소년이로다. 남의 낙서를 읽는 재미가 이런 것인가. 책을 훑어 보니 그리 어려운 문제가 아닌데, 머리를 싸매고 고민한 흔적이 보인다.

공감각적 심상?

은빛 비린내 왜 후각의 시각화?

왜 시각의 후각화가 아님? ㅅㅂ

ㅅㅂ에서 나는 깔깔 웃었다. 애가 얼마나 답답했으면. 톡

으로 왜 그것이 후각의 시각화인지 알려 주고 싶을 지경이었다. 2학기 자습서를 훑어보니 틀린 문제도 적고 고뇌의 흔적이 거의 없었다. 한 학기 사이 청소년 판매자가 많이 발전을 한 것 같았다.

글쓰기든 공부든 혼자 버티고 궁구하는 자세를 통해 성장하는 것이 아닌가. 책을 볼 때마다 만나게 되는 그 작고 귀여운 고뇌의 흔적에 저절로 엄마 미소를 짓게 된다.

tmi

내가 생각했던 것보다 더 알뜰한 청소년이다. 지금 보니, 내가 산 자습서는 '연구용 비매품'이다. ^_^

'개이득'의
날들

어른이 돼서도 아동용품을 수집하
는 사람들이 있다. 물건을 통해 어린아
이일 때의 그리움을 느끼고 심리적 위안을
얻기 때문일 것이다. 그들을 키덜트라고 하는데, 나
에게도 그런 기질이 보일 때가 있다. 우리 집에 그다지 필
요하지 않지만 내가 꼭 갖고 싶어 구매한 유아동 가구가 있
다. 리바트에서 나온 꼼프 책상과 의자였다.

책걸상이 얼마나 예쁜지 눈에 아른거렸다. 그러나 생각
보다 부피까지 있는 터라 덥썩 사기는 어려웠다. 나는 열심
히 자기 합리화를 시작했다. 소파 앞에 테이블이 없기 때문
에 책상은 테이블로 쓰면 될 것이고 의자는 두 개이니 도담
이 레담이에게 주면 좋지 않을까. (고양이들은 의자 근처에도

안 간다. ⁻⁻;)

거의 일 년을 살까 말까 고민을 하다가 결국 주문을 넣었다. 그런데 주문 폭주로 예상 배송일이 20일 이상 걸린다는 것이다. 문의 게시판에는 배송이 늦어 골이 난 소비자들의 불만이 가득했다.

나는 핑크로 주문했다가 블루로 색상을 변경하는 바람에 배송일이 더 길어졌다.

'사지 말라는 계시로구나.'

나는 주문을 취소했다. 그러고도 10개월이 지났다. 추석연휴를 앞두고 있었는데, 당근마켓에서 리바트 꼼므 책상이 보이는 것이다. 검색을 해보니 2만 원, 5만 원, 8만 원에 판매를 하고 있었다. (정가는 17만 원 내외였던 것 같다.) 신기한 건 5만 원짜리가 가장 물건 상태가 좋았고 판매자 집은 우리 집에서 4킬로미터 떨어진 곳이었다. 나는 바로 구매를 하겠다고 하고 송금까지 해버렸다.

"야호, 개이득!"

내가 수선을 피우며 좋아라 하니 우리 집 고도리가 말했다.

"이득은 아닌 거 같아. 안 사면 더 이득이잖아."

나는 분명 17만 원에 살 걸 5만 원에 구했기 때문에 12만 원을 아낀 거라고 주장했지만 고도리는 5만 원을 소비한 거라고 했다.

"그건 그래."

나는 순순히 인정을 했다. 물건을 사러 갈 때 고도리를 대동하는 게 좋았다. 9월의 하늘은 청명하고 가을바람 또한 얼마나 상쾌한지 몰랐다. 나는 천천히 운전하며 열두 달 중 구월을 가장 사랑한다고 말했다. 혹시 세 번째 고양이를 입양하게 된다면 구월이라고 짓고 싶다고 하니 고도리는 구월이란 이름은 좀 별로라고 했다. 그리고 우리 집 고양이들의 이름이 도담이, 레담이니 다음엔 올 고양이의 이름은 미담이어야 하지 않느냐고 물었다. 그건 그렇지! 고양이를 사랑하는 나는 마음 같아서는 도, 레, 미, 파, 솔, 라, 시까지 키우고 싶었다. 수다를 떨다 보니 판매자의 집 앞이었다.

"완전 새건데."

고도리가 말했다. 실물로 보니 더 예뻤고 5만 원에 사가는 게 미안할 정도로 깨끗했다. 의자에 크레파스로 줄이 몇 개 그어져 있었지만 그것 자체로도 하나의 무늬 같았다. 집에 가져와 거실 중앙에 책상과 의자를 놓았다. 의자는 유아동용이었지만 내 몸무게를 견딜 만큼 견고했다. 나는 그 의자에 앉아 책을 읽거나 간식을 먹었다. 단지, 책상 표면이 쉽게 상처가 나기 쉬운 재질인 것은 아쉬웠다. 그래서 이 제품을 사용하는 사람들이 책상 위에 투명한 매트를 깐 모양이다.

나는 컵받침을 애용한다. 집에서뿐 아니라 남의 집에서

도 탁자나 테이블에 내가 쓰던 컵을 그냥 내려놓지 않고 티슈라도 깔고 컵을 놓는다. 언제부터인가 몸에 밴 습관인데, 아마 내가 DIY 책상을 조립하고 여러 번 칠을 했던 경험 때문일 수 있다. 소나무처럼 무른 재질은 컵에 눌린 자국이 정말 잘 생겼다.

집에 놀러 온 친구가 내가 과일을 깎는 동안 컵을 꼼므 책상에 탁 소리가 나게 내려놓았다. 나는 친구가 눈치채지 않게 컵받침을 밑에 깔아줬다. 나보다 눈치가 더 빠른 친구가 말했다.

"뭔데 이리 애지중지야?"

"그래 보여?"

"어. 너 이 책상 SNS에도 올렸잖아. 난 너 애 생긴 줄 알았어."

"이 사람아, 내가 손자 볼 나이다."

"이거 인터넷으로 샀어?"

"아니, 당근에서 중고로 샀어."

"중고?"

"응, 중고."

"음, 나도 사고 싶다. 엄마가 키가 정말 많이 줄었어. 엄마한테 소파도 침대도 식탁도 너무 높아."

"그래? 잠깐 기다려 봐."

당근마켓에서 리바트 꼼므 책걸상을 검색했다. 8만 원짜리 물건만 있었다. 친구는 8만 원짜리도 괜찮다고 했다. 친구가 차가 없어서 내가 태우고 가서 거래를 하고 집까지 책상을 실어다 주었다.

친구의 친정어머니는 키도 몸피도 정말 많이 줄어 있었다. 몸집이 있던 분이었는데, 이제는 초등학교 저학년만큼 작아 보였다. 그래서 우리가 가져간 책걸상은 어머님한테 맞춤이었다. 어머님은 치매 예방을 위해 색칠 공부를 하신다고 했다. 그동안 식탁이 너무 높아 색칠하기가 힘이 드셨을 것이다.

모처럼 놀러 온 딸의 친구를 위해 어머님은 뒤쪽 발코니에서 박스를 가져오셨다. 그리고 감자와 오이지와 열무김치를 담아 주셨다.

"아, 맛있겠다. 어머님이 담근 거죠?"

"얘, 나 요즘 허리 아파서 일 못 해. 이건 얘 고모가 농사지었다고 보낸 거고 열무는 홈쇼핑에서 산 거야. 아주 맛나. 내가 한 것보다 나아. 근데 여름에 산 거라 좀 꼬부라졌어."

친구도 나도 어머님이 말씀을 하실 때마다 까르르거렸다. 정성껏 싸주신 음식을 냉장고에 넣으며 이득이 많은 하루를 보낸 느낌이었다.

걷는
책상

    일터에서 쓸 가로 120짜리 책상이 급히 필요해 구매를 하려고 보니, 배송 기일이 20일이 걸린다고 했다. 혹시나 해서 당근을 찾아보았다. 마침 모양이 거의 비슷한 제품이 있었고 사용감도 적었다. 판매자 집은 우리 집에서 약 700미터 거리였고 사이즈를 보니 내 SUV에 충분히 실을 수 있었다. 밤 9시쯤 고도리를 대동하고 물건을 받으러 갔다. 추운 날인데, 고도리가 집에서 빨리 나오느라 옷을 얇게 입고 있는 게 신경쓰였다.

    판매자 집의 지하주차장에 차를 대고, 고도리더러 13층에서 책상을 받아 내려오라고 했다. 그런데 엘리베이터에서 책상을 가지고 내려오는 고도리를 보는 순간 걱정이 됐다. 내 눈썰미로는 판매자가 말한 사이즈보다 큰 것 같았다.

게다가 트렁크 위로 책상을 올리는데, 정말 그 육중한 무게에 놀라고 말았다. 문제는 이렇게 저렇게 넣어 보려 했지만 딱 1~2㎝ 때문에 책상을 못 실었다. 한참을 끙끙대다가 왜 그런 생각을 했는지 모르겠지만 고도리와 책상을 들고 오기로 했다. 남 집사한테 전화를 했더니, 두 멍청이가 이 추위에 병나면 어쩌려고 사서 고생을 하냐고 타박을 했다.

"애한테 공구함 가져가서 분해해서 차에 실으라고 해."

맞는 말이지만 분해와 조립이 취미인 남 집사나 그 육중한 책상을 쉽게 분해할 것 같았다.

나는 우리 집 주차장에 차를 대고 책상을 지키고 있을 고도리에게 향했다.

고도리에게 전화를 했지만 아이가 전화를 받지 않았다. 그런데 저기 멀리서 그 강추위를 뚫고 횡단보도를 건너오는 책상이 있었다. 상체가 책상 안으로 들어가 있어서 트레이닝복을 입은 다리만 보였다. 내 아들 고도리인가? 책상이 점점 다가왔고 나도 그쪽을 향해 부리나케 뛰었다.

"어머! 어쩌려고. 이걸 혼자 들고 왔어?"

진짜 당황스러워 책상을 내려놓으라고 했는데, 고도리가 말했다.

"안 돼! 한번 내리면 다시 못 들 것 같아."

고도리는 전진을 했다. 아, 웃기면서 슬프고, 고마우면서도 안쓰럽고… 이게 무슨 고생인가 싶기도 했다.

"확실히 덤벨 운동을 한 보람이 있어."

고도리의 말에 웃음이 나왔다. 가로 120, 폭 80, 높이 75의 철판으로 된 책상을 어깨에 메고 700여 미터를 걸어온 것도 대단하지만 집으로 가는 방향을 몰라 그 와중에 휴대폰으로 길 찾기를 본 것도 신기했다. 그리고 무엇보다 나에게 짜증을 한 번 안 낸 게 너무 고마웠다.

집에 와서 줄자로 재보니 데면데면한 판매자가 제품 사이즈를 틀리게 올린 걸 알았다. 카니발 정도면 모를까 내 자동차로는 불가능했다. 판매자에게 이러저러한 일이 있었다고 문자를 보냈다. 같은 상황의 나였다면, 아마 적극적인 사과를 했을 것이다. 그러나 딸랑 한 문장. "아드님이 추위에 고생을 하셨겠네요"가 전부였다. 미안해요, 제가 사이즈를 잘못 쟀습니다, 라는 말까지 썼다면 더 좋았을 텐데.

이날은 걸어오는 책상이 내 마음에 와락 안긴 날이었다. 그리고 고도리 덕분에 일터에서의 작은 세미나도 무사히 치를 수 있었다.

냉장고
보내기

 과도한 준비성 때문에 낭패를 본 일이 생각난다. 고도리
의 원룸을 계약한 날, 고도리가 임시로 쓸 냉장고를 준비했
다. 직장에서 점심과 저녁을 해결하니 냉장고가 클 필요도,
1년 계약을 했기 때문에 새 상품을 살 필요도 없었다. 당근
마켓에서 거래되는 소형 냉장고는 판매가 잘 되는 품목 중
에 하나였다. 물건 가격만 적당하면 금세 거래 완료가 되었
다. 나는 냉장고를 고를 때 첫 번째가 제조 연월일이고 두
번째가 에너지 소비 등급이고 세 번째가 내부와 외관이 깨
끗한지의 여부였다. 물망에 오른 냉장고는 2020년 제조였
으니 최근의 물건이어서 합격. 에너지 소비율이 무려 1등
급이니 또 합격. 디자인도 수려하고 흠집이 안 보이니 또또
합격. 나는 판매자에게 구매 의사를 보였다. 남 집사가 흔

쾌히 냉장고를 실어다 주겠다고 했다. 그런데 집으로 냉장고를 가져온 남 집사의 표정이 뭐랄까 상쾌하지 않았다.

"왜? 냉장고 별루야?"

"글쎄… 직접 판단해."

그레이 색의 냉장고는 디자인이 깔끔했다. 나는 고도리에게 사진을 찍어 냉장고를 샀다는 톡을 보냈다. 고도리는 내 질문에 늘 이런 식으로 답했다.

- 오늘 많이 늦어?
- ㅇ

- 빨래방 같이 가자.
- ㅇ

- 올 때 양배추 좀 사다 줄래?
- ㅇ

- 밥 먹었니?
- ㅇ

- 고양이 똥 좀 치워 줄 수 있어?
- ㅇ

고도리의 성의 없는 동그라미에 짜증이 날 때가 있다. 그런데 냉장고 사진에 이런 답을 보냈다.

- 냉장고 어때?

- ooooooooooooooooooooo
  ooooooooooooooooooooo
  ooooooooooooooooooooo

매우 만족한다는 뜻인가. 아니면 넌 o이 최선이냐고 비꼬듯 물은 후라서 영을 떼거지로 보낸 거일 수도 있겠다. 냉장고는 새 상품 기준 40퍼센트 선에서 구매를 했으니 싸게 잘 산 물건이었다.

그러나 냉장고를 찬찬히 살피던 나는 그야말로 경악을 하고 말았다. 악취 때문이었다. 나중에 남 집사에게 이야기를 듣고 보니 판매자는 20대의 젊은 커플이었는데, 집 안이 정말 엉망이었다고 했다.

"뭐하는 친구들인지 모르겠어. 발 디딜 틈이 없더라고. 피자 박스랑 치킨 먹은 박스가 바닥에 그대로 흩어져 있더라고."

그런데 그 다음 날, 고도리의 집주인과 통화를 했는데, 우리가 계약하던 날은 청소 때문에 냉장고를 빼둔 거라고 했다.

"나 냉장고 왜 샀지?"

"좀 알아보지 그랬어."

나는 이 악취 나는 냉장고를 어찌해야 하나 너무 고민이 되었다. 그렇다고 내다 버릴 수도 없는 일. 나는 욕조에 베이킹 소다와 주방 세제를 풀었다. 선반과 야채칸과 달걀과 얼음틀 등을 욕조에 잠수시켰다. 그리고 고무장갑을 끼고 식초와 베이킹 소다와 소주 등을 이용해 냉장고 내부를 닦았다. 정말 아이고 소리가 절로 나왔다. 그런데 냉장고 하단에 진득진득한 게 묻어 나왔다.

"어머, 홍삼을 여기다 쏟았나 봐?"

나는 멍청이처럼 그렇게 혼잣말을 했고 남 집사가 킁킁거렸다.

"이게 무슨 홍삼이야. 간장이지. 간장도 국간장 같은데."

오웩… 국간장인지 진간장인지는 모르겠지만 간장이 맞았다. 보다 못한 남 집사까지 합류해서 냉장고를 닦아 주었다. 밤 9시부터 시작한 냉장고 청소가 자정이 돼서야 겨우 끝났다. 청소가 다 끝났을 때 커피집에서 받아온 원두 분말을 냉동실과 냉장실에 각각 넣었다. 냄새 제거에 원두커피만 한 게 없지 않은가. 우리의 노력으로 냉장고다운 냉장고로 탄생을 했지만 내 코는 어딘가 남아 있는 쿰쿰한 냄새를 맡았다. 나는 냉장고를 발코니로 옮기고 문을 활짝 열어 두었다. 냉장고는 그로부터 21일간 햇빛 세례를 받았다.

내가 물구나무를 서지 못하는 건 배우지 않았기 때문이다. 몸이 굳고 몸의 균형이 깨졌는데, 젊어서도 못 했던 물구나무서기를 지금이라도 배우면 가능할까. 마찬가지로 어릴 때부터 정리하는 법을 안 배운 사람들은 내가 늦은 나이 물구나무를 서는 것 같이 어렵고 많은 노력이 필요하다고 본다.

지인은 대학가에서 임대업을 하는데, 세입자가 말도 없이 나갔단다. 문을 개방하고 그 작은 원룸의 쓰레기를 치우는데, 2톤 트럭을 불렀다니.

지인의 집에 세든 그 세입자는 대학을 졸업하기도 전에 취업에 성공한, 건실한 인상의 청년이었단다. 그런데 그가 남기고 간 쓰레기가 2톤이 될 정도면 그 집 안이 어땠을지 상상이 가질 않는다. 나는 도대체 그 쓰레기 더미에서 그 사람이 어떻게 잠을 잤을지 그것이 의문이다. 혹시 공중 부양을 한 걸까? 집에 오면 몸이 붕 떠서 쓰레기에 몸이 닿지 않는 건가?

나는 고도리에게 주려던 냉장고를 당근마켓에 올렸다.

마음 같아선 비싸게 받고 싶었다. 물건을 사러 온 사람들은 학생이었는데, 기숙사에서 나와 자취를 시작한다고 했다. 그 학생들은 냉장고가 새것처럼 깨끗하다고 몹시 만족해 했다. 물건을 사러 온 학생들에게 구구절절 이야기를 할 수 없었지만 이 말은 안 할 수 없었다.

"제가 혼신의 힘을 다해 냉장고 청소를 했거든요. 하하하…."

학생들도 흐흐, 웃었지만 속으로 생각했을 것이다. 어쩌라고. 아줌마가 왜 오버를 하지?

혹자들은 이런 것을 '사서고생' 혹은 '뻘짓'이라고 말할 것이다.

장물로 취득한
전천당 10권

    어린이들의 인기를 한몸에 받고 있는 판타지 소설이 있다면 고민할 것도 없이 『이상한 과자 가게 전천당』을 꼽을 것이다. 시리즈물이라 14권까지 나왔고 얼핏 150만 부가 넘게 판매됐다는 소식을 들었다. 작가는 히로시마 레이코로 편편마다 어린이들이 좋아할 마법과 환상의 소재가 사용되어 전개가 빠른 게 특징이다.

    만 10년 이상 어린이들의 사랑을 이보다 꾸준히 받은 책이 또 있을까 싶다. (아! 해리포터도 있었지!) 나는 도서관에서 빌려 읽을까 하다가 당근에서 10권을 60,000원에 판매하는 사람이 있어 전천당을 구매하기로 했다.

우리는 공원 앞에서 만나기로 했는데, 한눈에 봐도 크고 비싼 외제 차에서 쇼핑백을 든 여자가 내렸다. 마흔 전후로 보였다.

"당근이죠?"

내가 그렇다고 하니, 여자가 쇼핑백을 내밀었다. 나는 책을 살폈다. 깨끗했다.

"저희 애가 이 책만 수십 번을 돌려 읽네요. 진짜 속 터져요! 애가 다른 책도 좀 봐야 할 것 같아 파는 거예요."

수십 번을 돌려 읽었다고 하기에 책 상태가 너무 깨끗했다. 아이는 이 책을 얼마나 아껴 읽은 것인가. 왠지 장물을 취득한 기분이었다.

물건값을 주고 판매자는 자신의 차로, 나는 내 차로 이동했다. 저 집에서 곧 곡소리가 들리겠구나 싶었다. 전천당과 같은 판타지 소설만 읽는 게 좋은가. 아니면 전천당을 포함한 다양한 책을 읽는 게 좋은가. 정답은 그 판매자의 어린 자녀도 이미 알고 있을 것이다.

집에 와서 1권과 2권을 읽었다. 나머지는 읽지 못해 뭐라 말할 순 없지만 '괜한 호기심에 잘못된 선택을 했다가는 큰코다친다! 그러니 어린이들은 조심해야 해.'가 주제가 아닐까 싶다. 아동 소설임에도 관용은 없고 (혹은 적고) 벌의 냉정함이 편편마다 도사리고 있어 오싹한 느낌이 들기도 했다.

　그 아이가 엄마에게 관용을 베풀지 안 베풀지, 문득 궁금
하다. 책을 가져온 다음 날인가 깜빡 졸았는데, 꿈에서 낚
싯대를 든 차가운 얼굴을 한 아이가 책을 찾으러 왔다고 했
다. 나는 어서 빨리 책을 줘서 아이를 내보내려고 했는데,
10권 중에 내가 읽은 2권이 없어 그걸 찾느라 땀을 흘렸다.
(맨 처음 낚싯대는 왜 내 꿈에 나왔는지 궁금했는데, 1권인지 2권
인지에 낚싯대가 나왔다.)

청동
스탠드

중고거래 마켓에는 키워
드 알람 기능이 있다. 특정
상품명을 등록해 두면 그 물건
이 올라왔을 때 알려 주는 기능이다. 마침
스탠드가 필요해서 검색 중이었는데, 기능
은 비슷비슷했지만 디자인이 모두 마음에
안 들었다. 그런데 당근마켓에서 내 눈을
사로잡는 스탠드를 발견했다. 판매자는
주문 제작한 청동 스탠드를 판다고 올
렸다. 많은 사람들이 관심을 표했지만 모
두 가격이 더 떨어지길 기다리는 것 같았다. 나는 판매자가
올린 그 가격도 충분히 싸다고 생각해서 구매를 하겠다고

했다.

우리 집에서 2㎞ 떨어진 마트 앞에서 그분과 접선하기로 했다. 판매자는 내 나이 또래의 아저씨로 스탠드를 건넬 때 쇼핑백이 작아 미안하다고 했다. 하지만 나는 쇼핑백 밖으로 나온 스탠드의 일부만 보고도 매우 만족스러웠다. 그는 업종 변경으로 스탠드가 여러 개 나왔으니 더 사고 싶으면 말해 달라고 했다.

그런데 나는 내외를 하는 것인가. 현금을 준비하지 않아 그 자리에서 이체를 해줘야 하는데, 내 체감상 그분이 너무 가까이 있는 느낌이었다. 무슨 의도를 갖고 다가온 건 아니지만 코로나19로 인해 나는 가족 이외에는 1미터 거리도 몹시 부담이 되었다.

"계좌 번호 불러 드릴게요. 국민은행…."

그분은 반보쯤 내 쪽으로 왔다. 나는 이체를 시키기 위해 은행 앱을 열었다. 그런데 왜지? 은행 화면이 멈췄다.

"잠시만요…."

마스크 안에서 땀이 비 오듯 쏟아졌다.

"네… 국민은행… 육삼구…."

해는 찌고, 마스크 안은 불가마고, 인상은 좋지만 낯선 남자가 내 손가락에 시선을 못 박고 계좌를 부를 준비를 하는데, 이체가 안 되니 불편하기 짝이 없었다.

"아, 왜 안 되지?"

내 긴장을 눈치챈 것이다. 판매자가 한 보 뒤로 물러섰다. 나는 가방 안을 뒤진 후 현금을 찾았다. 하지만 돈이 부족했다. 자동차 문을 열고 세차를 할 때 쓰려던 현금을 찾았다. 그리고 굴러다니는 잔돈까지 싹싹 긁었다. 판매자가 마구 민망해하는 것 같았다.

"아 괜찮으니 있는 것만 주세요."

"아니에요. 잠시만요."

결국, 만 원짜리 1장, 천 원짜리 6장, 그리고 오백 원 주화 1개, 그리고 백 원짜리….

"아 진짜 괜찮습니다. 그것만 주세요."

"나머지는 이체해 드릴게요. 집에 가서."

판매자도 그 자리를 빨리 벗어나고 싶어 하는 것 같았다. 그의 마스크 안도 불가마였을 것이다. 16,800원에 '득템'을 하느라 땀이 비 오듯 쏟아지는 경험을 한 날이었다.

집에서 자세히 보니 스탠드가 더 마음에 들었다. 청동의 바디는 엔틱했지만 우리 집 분위기와도 잘 어울리는 것 같았다. 고도리도 남 집사도 스탠드가 마음에 든다고 했다. 나는 판매자에게 연락을 해서 스탠드를 두 개 더 살 수 있느지 물었다. 그는 아직 물건이 남아 있다고 했다.

나는 남 집사와 지난번 거래했던 마트 앞으로 갔다. 갓길에 차를 대고 남 집사에게 나 대신 물건을 받아와 달라고 부탁했다. 그리고 판매자에게 톡을 보냈다.

- 제가 남편을 보냈거든요. 흰색 티셔츠에 청바지를 입고 있습니다. 혹시 오시는 중이실까요?
- 아, 저도 애 엄마를 보냈습니다. 아마 도착해 있을 겁니다.

그러고 보니 마트 앞 횡단보도 앞에 쇼핑백을 든 여성이 있었다. 쇼핑백 안에 있는 건 스탠드가 분명했다. 나는 남 집사에게 전화를 걸어 상황을 알렸다.

"쇼핑백 든 여자야!"

"남자라며?"

남 집사는 그 여자분한테 가서 무어라 이야기를 한 후 현금을 건네고 쇼핑백을 받았다. 그쪽 집의 아내 되는 사람과 우리 집의 남 집사는 정말 아무렇지도 않게 줄 거 주고 받을 거 받고 10초도 안 되어 헤어졌다.

저것이 중고거래의 정석이다!!!

이로써 스탠드를 총 3개 구하게 되어 하나는 일하는 곳에, 하나는 집 거실에, 다른 하나는 루이라는 강아지를 키우는 시인의 집으로 갔다. 나는 아직도 스탠드를 잘 쓰고 있는데, 루이네는 어떨지 모르겠다.

턱걸이
예찬론자

남 집사가 단독으로 쓰는 공간이 있다. 그곳을 공부방 겸 운동방이라고 해야 하나. 가끔 나와 다투면 부부 침실에서 안 자고 시위를 하듯 그 방바닥에 이불을 깔고 취침을 시도하니, 참 다양한 기능으로 쓰이는 방이다.

가로 150㎝의 컴퓨터 책상, 그 위에 32인치와, 27인치 모니터 한 대, 그림 그릴 때 쓰는 24인치 와콤 신티크 한 대, 그 옆으로 가로가 100㎝인 이케아 키 큰 철제 수납장, 그 옆으로 원목 옷걸이, 그 뒤로 책장, 그 옆으로 6자짜리 옷장, 그 옆으로 5단 서랍장이 있다. 그런데 이렇게 짐이 많은데 출입문 옆에는 치닝디핑(턱걸이 철봉)이 설치돼 있다. 턱걸이 예찬론자인 남 집사는 쇠가 든 조끼를 입고 턱걸이를 한다. 이전 집에서는 발코니 천장을 드릴로 뚫고 철봉을 매달았다. 그걸 장착하는데 거의 2시간이 걸린 것 같다.

치닝디핑의 사이즈는 폭 1,400, 높이 2,000, 깊이 1,200 정도다. 나는 집 안으로 크고 무거운 것이 들어오는 게 너무 싫어서 질색을 했지만 자기 방에 뭘 놓든 상관하지 말라 하니 말릴 수가 없었다. 심지어 어린이 놀이터의 시소를 뽑아온 것도 아닌데 유난 좀 떨지 말라고 했다.

그런데 만 3년이 지나자 벤치 프레스가 붙은 조금 더 견고한 치닝디핑이 갖고 싶다고 하더니만 당근마켓에 알림 설정까지 해두었다. 그러던 어느 날, 남 집사가 갖고 싶어 하던 턱걸이를 누군가 판다고 올린 것이다.

아래는 이 글의 이해를 쉽게 하기 위해 닉네임을 임의로 정한다.

'남편이 없을 때' 님 (남 집사에게 턱걸이를 '판' 여성)
'아내가 오기 전' 님 (남 집사의 턱걸이를 '산' 남성)

'남편이 없을 때' 님이 내놓은 물건은 훌륭했다. 그런데 가격까지 많이 싸게 내놓은 것이다. 예를 들어 남 집사가 같은 물건을 사는 데 10만 원을 써야 한다면 그분은 1만 원에 팔았다. 그러니 남 집사 말고도 많은 턱걸이 예찬론자 (혹은 시작하는 사람)들이 판매자에게 물건을 팔라고 아우성 문의를 했을 것이다. 그런데 판매 조건이 있었다. '선착순' 이며 '무조건 빨리'였다. 남 집사는 자신이 가겠다고 톡을 보냈다.

"뭐어? 그럼 집에 턱걸이를 두 개나 둔다는 거야?"

나는 턱걸이를 산다는 말에 너무 화가 나서 입을 다물지 못했다.

"아니, 내가 쓰던 건 팔 거야. 팔릴 때까지만 그냥 잠깐 집에 두겠다고."

남 집사는 내가 짜증을 내면 같이 짜증을 내는 편이고 내가 우울해 있으면 내 의견을 잘 들어주는 편이다. 나는 세상이 무너진 것 같은 표정을 지었고 실제로 눈물을 쥐어짜서 반 방울 정도가 떨어진 것도 같고. (힘들었다. ^-^;;;)

"아니, 그게 그리 슬픈 일이야? 잠깐만 두겠다는 건데."

나는 소파에 벌러덩 누워 팔로 얼굴을 가렸다.

"알았어. 알았다고!!"

남 집사는 자신의 턱걸이 사진을 찍어 당근마켓에 올렸다. '남편이 없을 때' 님처럼 아주 싼 가격이었고, 남 집사 역시 판매 조건을 오늘 가져가는 사람한테만 팔겠다는 단서를 달았다. 많은 사람들이 관심을 가졌지만 당일 가져갈 사람은 없었다. 그런데 몇 시간 뒤 '아내가 오기 전' 님이 톡을 보냈다. 자신이 사고 싶다고. 남 집사는 "야호"와 "아싸!"라는 감탄사를 내뱉었다. 하지만 '아내가 오기 전' 님은 아내가 차를 가지고 가서 턱걸이 픽업이 안 되는데, 혹시 가져다줄 수 있느냐고 물었던 것이다.

"이 사람, 어쩌라는 거야?"

그러나 남 집사는 그 사람이 운반요금을 제대로 주겠다고 하는 톡을 읽더니 약간 망설이는 것 같았다. 남 집사가 내 눈치를 보았다. 턱걸이를 집에 두 개나 두면 가득 '방류 강박'이 있는 나에게 무슨 구박을 당할지 걱정이 됐을 것이다. 남 집사는 자신의 턱걸이를 분해하기 시작했고 나는 화가 나서 이불 빨래를 가지고 빨래방에 갔다.

밤 9시쯤이었다. 얼굴이 반쪽이 된 남 집사가 벤치 프레스가 달린 치닝디핑을 집으로 가져왔다.

"전에 건?"

"팔았지."

"이건?"

"산 거지."

남 집사는 오늘 하루는 너무 고단했다고 말했다. 알고 보니 자신의 턱걸이는 '아내가 오기 전' 집에 가져다주었단다. 지하 주차장에서 만난, 한눈에 봐도 많이 마른 '아내가 오기 전' 님이 자신을 보자마자 반색을 했단다. 그는 턱걸이를 사고 싶은데 아내가 못 사게 해서 아내 없을 때 후딱 설치를 해야 한다고 말했다나. 새 철봉을 산 적이 있었지만, 아내가 엄청난 수수료를 내고 반품 처리를 했다고 한다. 그는 3교대 근무라 헬스장보다 집에서 운동을 하고 싶어 턱걸이를 집에 설치한다는 것이다.

남 집사는 아내한테 허락을 안 받아도 되냐고 물었더니, 그는 '그 여잔 이번 생엔 절대로 허락을 안 해줄 것 같'다고 했단다. 그때 남 집사는 내가 생각이 났단다. (왜지?)

남 집사는 배송료를 챙겨준 '아내가 오기 전' 님을 위해 턱걸이 설치까지 도와줬다고 했다. 그는 너무나 기뻐했고 두 남자는 턱걸이를 번갈아 하며 어떻게 하는 게 더 운동 효과가 좋은지 이야기를 나눴다고 한다. '아내가 오기 전' 님은 몸의 변화를 유튜브에 올릴 거라고 했고, 남 집사는 그를 격려한 후 그의 아내가 오기 전에 빨리 나가야겠다는 일념으로 공구통을 챙겨 후다닥 집을 나섰다고 했다.

그 다음은 '남편이 오기 전' 님의 집이었다. 그런데 이 집이 더 황당했다고 한다. 어느 정도 분해를 해둔 줄 알았는데, 분해를 해서 가져가라고 했단다. 남 집사는 이번에도 남의 집에 들어가 턱걸이를 분해하는데, 그 집엔 '남편이 없을 때' 님 말고도 그녀의 자매로 보이는 또 다른 여성과 어린 자녀가 둘이나 있었다고. 네 사람은 신기한 눈으로 턱걸이를 분해하는 자기를 지켜보는데, 티셔츠가 짧아 허리를 숙일 때마다 속옷이 보일 것 같아 엄청나게 불편했다고 한다. 이런 남 집사의 마음을 아는지 모르는지 그들은 이런 대화를 나눴다고….

"형부가 화내면 어쩌지?"

"화내면 내가 더 화낼 거야. 거실 한가운데에 저런 걸 두는 사람이 어딨어. 그리고 턱걸이 사서 정말 한 세 번 했나. 저런 걸 왜 사는지 모르겠어. 애기 짐이 이렇게 많은데…."

남 집사는 불편함을 견디며 턱걸이 분해를 끝냈단다. 아기들이 있어 조심조심 물건을 현관 밖으로 빼놓다가 거실 벽에 붙은 결혼사진 속 남편 되는 사람과 눈이 딱 마주쳤고, 뭔가 남의 물건을 훔쳐오는 것 같아 미안한 기분이 들었단다.

남 집사는 자정이 다 되어 쇠가 든 조끼를 입고 새로 생긴 턱걸이에서 기합 소리를 세게 내며 운동을 했다. 나한테까지 자꾸 매달려 보라고 해서 나는 한 5초쯤 매달렸다가 떨어졌다.

나는 그 두 가정에 평화가 깃들기를 바랐다. 특히 '남편이 없을 때' 님보다 '아내가 오기 전' 님 댁이 더 걱정이 됐다. 내 입장에선 있던 게 사라진 것보다 없던 게 생겼을 때 더 화가 날 수 있다. 아무튼 유튜브로 멸치 탈출 운동 일지를 기록하겠다는 '아내가 오기 전' 님의 바람이 꼭 이루어지길 응원한다.

tmi

나는 요즘 같이 무서운 세상에 남의 집에 가서 조립과 분해를 왜 하냐고 엄청난 잔소리를 퍼부었다. 남 집사는 그분들의 매너 온도와 후기를 참고했다고 하는데, 그럼에도 아무 의심 없이 모르는 사람 집에 가는 건 정말 조심해야 하는 일이라고 생각한다. 안 그렇습니까. 여러분.

와, 대박!!

응?!
뭔데?!

이건
사야 해!!

3:21

42.7

남편 몰래 거래
남편 귀가 전에 팔아요!
선착순 단 한 명!!
네고 가능^^

헐!!
집에 두 개나
둔다고?

한 개도 꼴 보기
싫어 죽겠구만!!

끼릭
끼릭

골골골

알았어.
얘는
팔 게~
(안 팔면
나 죽이겠다...)

전건
철거

마눌 오기 전에
빠른 조립
부탁해요.

네. 근데...
왜 마눌들은
철봉을 싫어
할까요...?

*판매 중 : 엘리베이터 안

166

3부

나누다

로봇
청소기

노상 털을 뿌리고 다니는
우리 집 반려가족 때문에 로
봇 청소기를 구매해서 사용하
고 싶었다. 그러나 그때마다 마음을
접은 건 로봇 청소기가 일으킨 대참사를 보았기 때문이다.
어느 견주가 로봇 청소기를 돌리고 잠깐 외출을 했는데, 강
아지가 거실에 배변 실수를 했고, 사정을 알 턱이 없는 로
봇 청소기는 자기 임무를 충실히 이행했다. 집에 돌아온 견
주는 마룻바닥이 똥밭이 된 걸 보고 아연실색했다. 정신을
차리고 거실 바닥을 열심히 수습했지만 그 똥내는 오래갔
다고.

로봇 청소기는 내 구매욕을 자극했다가도 금세 포기하게 만

드는 물건이었다. 그런데 어느 날 리뷰를 쓴 것이 당첨이 돼서 어느 중소기업의 로봇 청소기가 선물로 우리 집에 온 것이다. 당시 나에겐 치매에 걸린 노견 한 마리와 호기심이 많은 고양이 두 마리가 있었다. 고양이들은 걱정이 되지 않았지만, 노견에게 로봇 청소기는 다소 위험한 물건이 될 수 있었다. 노견은 시력과 청력을 모두 상실한 데다가 배변을 가리지 못해 기저귀를 차고 다니는 중증 치매견이었기 때문이다. 앙상하게 말라 작은 충격에도 몸이 부서질 것 같았다. 그리고 기저귀 밖으로 노견의 똥이 새어 나올 때가 정말 많았다.

　나는 상상했다. 노견의 똥이 떨어진다. 로봇 청소기는 똥을 거대한 먼지로 인식한다. 그리고 부담스러운 먼지를 껴안은 채 설정값 대로 이동한다.

　그렇기 때문에 이런 문제 상황이 일어나지 않게 로봇 청소기를 돌리기 전에는 만반의 준비를 다해야 했다. 로봇 청소기가 지나갈 자리의 장애물을 없앤다. 의자는 식탁 위에 올리고 바닥에 깔린 러그와 카펫도 잘 걷어 소파 위로 치운다. 전선이나 멀티탭은 말할 것도 없다. 그리고 무엇보다 노견과 고양이들을 거실 밖으로 나오지 못하게 해야 한다.

　매뉴얼을 보고 로봇 청소기의 시작 버튼을 눌렀다. 로봇 청소기는 더디지만 성실히 먼지와 반려동물의 털을 빨아들였다. 청소기에게 악수라도 청하고 싶었다.

"잘 왔네. 청소기 친구!"

그러나 기쁨도 잠시 방에 갇힌 반려가족들이 문을 열라고 곡을 했다.

"밥 내놔라!"

"집사, 당장 문 열어!"

"똥 쌀 거야. 날 화장실로 보내줘!"

고양이들이 문을 긁으며 앵앵 울고 노견까지 짖어댔다. 왜들 저러지?

몇 번이나 썼을까. 방치해 뒀던 로봇 청소기를 나눔을 하기로 했다. 순식간에 조회수가 올라갔고 포스팅한 지 10분 만에 자신이 받을 수 있느냐는 문의가 왔다. 나는 가능하다고 했고 그는 번개처럼 와서 물건을 가져갔다.

우리 집에서 가장 효율적으로 쓸 수 있는 청소기는 로봇 청소기도, 고가의 무선 청소기도 아닌 가격이 싸고 무게가 가벼운 유선 청소기다.

tmi

요즘은 분변을 인식하고 회피하는 로봇 청소기가 나왔다고 한다.

우비를 입은
여자들

책을 처분하는 바람에 가로 220cm, 높이 120cm, 깊이 30cm의 옆으로 긴 4단 책장이 필요 없어졌다. 책장은 눈에 띄는 흠집이 없고 튼튼했다.

비가 많이 내리는 계절이었다. 몇몇 사람이 자신은 트럭이 있다며 책장을 가져가겠다고 했지만 비 때문에 나눔이 불발되었다. 그런데 어떤 아기 엄마가 자신이 가져갈 테니 다른 사람에게 주지 말라고 신신당부를 했다. 아이들 책이 넘쳐서 책장이 꼭 필요하다고 했다.

아기 엄마는 우리 집에서 약 890미터 떨어진 주택가에 살고 있었다. 그분은 비가 그치면 책장을 끌차로 싣고 가겠다고 했다. 끌차란 택배 아저씨들이 짐을 옮길 때 쓰는 그 초록색 이동차를 말하는 거였다. 우리는 전화번호를 교환

했다.

"끌차로 어려울 거 같아요."

"제가 1미터 50짜리 책장을 끌차로 옮긴 적이 있거든요."

"아, 이건 2미터 20인데….."

"몇 센티미터 차이 안 나잖아요. 그리고 친구가 도와준다고 해서 가능해요. 비가 그치면 제가 전화할게요."

"70센티미터면 차이가 좀 날….."

다음 날, 해가 떴을 때 문자가 왔다.

- 저 지금 가겠습니다!

- 네, 기다릴게요.

그러나 5분 뒤 아기 엄마는 "비가 오네요. ㅠㅠ"라는 문자를 보냈다. 2020년은 참 비가 많은 해였다. 다음 날 점심쯤 비가 그쳤다.

- 지금 갑니다!

- 네, 어서 오세요!

그러나 문자를 나누자마자 하늘이 검게 변했고 빗방울이 떨어졌다. 내가 먼저 문자를 보냈다.

- 지금 비 와요.
- 네. ㅠㅠ

비가 한 방울도 안 내린 날도 물론 있었다. 그러나 그날은 내가 집을 비워 그분이 책장을 가져갈 수 없었다. 며칠 뒤 또 어느 화창한 날엔 그 집 식구들이 캠핑을 가는 바람에 오지 못했다. 그런데 비가 종일 오는 날에 그 사람한테 전화가 왔다.

"친구가 한 달이나 출장을 간다고 해서요. 지금 비가 오지만 그냥 가져가도 될까요. 사실, 남편이 도와주면 좋은데, 저희 남편은 중고로 물건 사는 걸 너무 싫어해서요."

"저는 괜찮지만 좀 고생스러우실 것 같아요."

"고생은 끌차가 하겠죠."

창 밖을 보니 보무도 당당히 녹색 끌차를 밀고 오는 여자 둘이 있었다. 한 명은 투명 우비, 한 명은 빨간 우비를 입고 빗속을 걸어왔다. 그러다가 애들처럼 장난을 치며 깔깔 대기 시작했는데, 9층 우리 집까지 그 소리가 들렸다.

나는 책장을 현관문 밖에 미리 꺼내 두었다. 엘리베이터가 우리 층에 멈추자 많아 봤자 서른 한두 살의 젊은 여성 둘이 내렸다. 몸은 나보다 반쯤 얇았지만 힘은 한 세 배는 센 것 같았다. 내가 엘리베이터 버튼을 누르고 두 사람은 책장을 엘리베이터에 실었다. 엘리베이터 문이 닫히기 전, 아기 엄마는 기다려 줘서 정말 고맙다고 인사했다.

　나는 그들이 잘 가는지 창 밖을 보았다. 한 명은 끌차 손잡이를, 다른 한 명은 책장을 잡고 천천히 걸어갔다. 다행히 비가 조금씩 내렸지만 폭우가 쏟아져도 890미터 정도는 놀 듯이 걸어갈 사람들 같았다. 내 눈엔 정말 부러운 풍경이었다. 비 오는 날 우비를 입고 책장을 함께 옮겨 줄 수 있는 친구가 있다는 게 말이다.

바람직하지 않은
각인 서비스

2011년에 출시된 아이패드는 '유튜브 머신'이었다. 당시는 삼성 스마트폰과 엘지 울트라북을 사용했고 기기들이 내 업무나 작업 환경에 충분한 기능을 수행해 주었음에도 아이패드를 구매한 것이다. 아이패드를 샀지만 도대체 왜 샀는지 모르겠는 마음이 들었을 때 적당한 금액에 팔거나 그것도 아니라면 필요한 사람한테 건네고 싶었다. 그러나 그렇게 못했던 건…!

당시 애플에서 제공하는 각인 서비스를 받았기 때문이다. 정말 이불킥을 200번 해도 모자라서 100번을 더 할 만한 일이었다.

누가 뭐래도 나는 고은규이고 당시 책을 두 권 출간한 소설가였다. 근데 굳이 왜 각인 서비스를 받았을까. 남 집사는 이 각인을 볼 때마다 고개를 절레절레 흔들었다.

"아, 유치해."

"나도 알아. 그만 좀 해."

이 각인 때문에 처분도 못 하고 버리지도 못하고 십 년 넘게 가지고 있었던 것이다. 여기서 잠깐, 고백을 조금만 더 하자면 각인은 아이패드에만 한 것이 아니었다. 만년필에도 이름을 새겼다. 문학상을 받았을 때 나는 판교 현대백화점에서 듀퐁 만년필을 샀고 이름을 새겼다. 이외에도 라미 같은 만년필과 샤프에도 이름을 새겼으니, 진짜 이름 못 새겨 한이 맺힌 귀신이 붙었던 모양이다.

요즘 중저가 패션 브랜드들이 각인 서비스로 고객의 마음을 사로잡았다는 기사를 보았다. 사실 물건에 이름을 새긴다는 것은 그걸 소유하는 사람에게 특별한 의미 부여가 될 수 있을 것이다. 본품은 공산품이지만 이름이 새겨짐으로써 그 누구의 것도 아닌, 나만의 물건으로 탄생한다는 것.

값이 나가는 대학교재의 책머리에 이름을 쓴 적이 있다. 물건은 순환되어야 한다는 지금의 내 입장에선 각인이나 책머리에 쓴 이름이 거북하게 느껴진다.

그런데 중고거래 사이트에서 '아이패드 구형 구함'이라는 글이 올라왔다. 시계로 쓰려고 하니 안 쓰는 구형 아이패드가 있으면 나눔을 해 달라는 글이었다. 나는 바로 쪽지를 보냈다.

- 외관은 정말 깨끗해요. 스크래치도 거의 없고요. 근데 뒷면에 각인이 있어요.
- 아, 이름이 새겨져 있겠군요.
- 네, 그래서 제가 유성펜으로 각인을 지우고 드리고 싶은데.
- 유성펜으로요?
- 네.
- 화면만 보기 때문에 뒷면은 상관없어요.

나는 유성펜을 꺼냈다. 각인이 들어간 부분에 하트를 크게 그렸다. 내 이름이 감쪽같이 사라졌다. 그런데 어딘가 심심해 보였다. 그래서 조금 작은 하트 두 개를 양옆에 그렸다.

아이패드를 받으러 온 분은 젊은 청년이었다. 할아버지의 방에 안 쓰는 아이패드를 시계 대용으로 놔드렸는데, 할아버지가 친구분에게 선물을 하고 싶어 하셔서 어쩔 수 없이 아이패드를 구한다는 것이다.

"와, 시계로 쓸 수 있군요."

그까짓 것 대충 쓰다 버리라고 하는 분도 있겠지만 이상하게 이름이 새겨진 건 버리기가 쉽지 않다. 언젠가 여성 커뮤니티에 조카에게 아이패드를 선물하는데 아이 이름을 새겨 선물을 하는 건 어떻게 생각하느냐는 글이 올라왔다. 나는 로그인을 해서 전자 기기에는 각인은 안 하는 게 좋을 거 같다고 했다. 내 의견에 공감하는 사람이 반, 그렇지 않은 사람이 반이었다.

아이패드2가 시계로서의 기능을 얼마나 더 할지는 모르지만 그 역할을 오래 했으면 좋겠다.

15년 동안
몇 개의 백팩을 샀을까 1

짐 정리에 대한 스트레스가 있는 지인들에게 조언을 해줄 때가 있다. 단시간에 해치우겠다는 생각을 버려라. 짐 정리 프로젝트를 1년으로 잡아라. 그러나 1년이 지나도 크게 달라지지 않는다면 그때 전문 업체의 도움을 받아라. 남 집사처럼 정리 정돈의 기능이 애초 탑재되지 않은 사람과 살다 보니 정리정돈이 누군가에게 고역일 수도 있다는 걸 알게 되었다. 나는 하루에 딱 한 가지씩 정리하는 걸 추천한다.

오늘은 필기구만, 내일은 집 안 구석구석에 있는 쇼핑백이나 비닐류만, 모레는 유통기한이 지난 화장품이나 안 쓰는 스킨케어 제품들만.

며칠 전에 가방 정리를 했다. 안 쓰는 백팩은 여행용 캐리어에 담겨 있었다. 모두 8개였다. 전부 손세탁해서 보관 중이라 백팩이 필요하다는 사람한테 바로 전달해도 괜찮을 것 같았다.

15년 동안 8개의 백팩을 샀으니 2년에 하나씩 구매를 한 셈이다. 잔 스포츠, 이스트백, 질 스튜어트, 쌤소나이트, 만다리나 덕 등의 무난한 디자인의 가방이었다. 가방 가격을 대략 계산하니 전부 다 합해도 70만 원~80만 원 내외였다. 가방의 재질은 나이론이라 튼튼하고 가벼웠다. 2개의 백팩만 두고 모두 나눔을 하기로 했다. 사진을 찍고 가방에 대해 설명을 했다.

연식은 오래됐지만 나일론이라 아직도 짱짱하네요…..

어르신들이 산에 갈 때 쓰셔도 좋습니다.

학생들이 써도 괜찮겠네요.

가방은 빨아둔 거라 바로 쓰셔도 됩니다.

나눔을 받는 사람 중에 제때 안 가져가는 사람들이 이따금 있었다. 그래서 나눔을 받는 사람이 시간 약속을 잘 지켜 물건을 가져가 주면 고마웠다. 6개의 백팩을 6명에게 나눠주는 데 걸린 시간은 총 3일이었다. 백팩이 집에서 떠나자 여행용 캐리어가 비었다. 나는 캐리어 안에 여행과 관계된 물품들만 넣었다. 여권, 여권 가방, 여행용 파우치, 접이식 커피포트 등.

이 글을 쓰다가 지금 2년째 사용하는 백팩을 열었다. 맥북, 아이패드, 키보드, 마우스, 다이어리, 필통, 화장품 파우치, 교재 한 권, 반지갑, 동전 지갑, 안경 케이스 2개, 3단 우산, 모자, 줄자가 나왔다. 출퇴근할 때 이 많은 짐과 함께 움직여야 하는데, 이렇게 많은 물건을 담을 수 있는 가방은 앞으로도 백팩밖에 없을 것이다.

#백팩사랑

15년 동안
몇 개의 백팩을 샀을까 2

백팩 하면 이야기하지 않을 수 없는 기억이 있다. 새내기 시절, 첫 엠티를 간 곳은 북한산으로 기억된다. 당시는 모이면 술판을 벌였던 시절이라 장기 자랑을 시작하자마자 술병이 돌았다. 아니, 술병이 돈 후 장기 자랑이 시작됐는지도 모르겠다.

나와 어울리던 친구들은 왜 그리 모였다 하면 노래를 불렀는지 모른다. 주로 민가를 불렀고 그게 시들해지면 트로트를 불렀다. 술자리에 공공연한 플레이리스트가 있었다. 낙동강에 이어 소양강이 끝나면 누군가 "소양강만 강이냐, 두만강도 강이다!"라고 다음 노래를 유도한다. 그러면 다 같이 "두마안강 푸른 물에 노 젓는 배앳싸아공⋯⋯"을 부른다.

울분이 많아서 그랬던 건지, 뭔가 발산하고 싶은 욕구를 노래에 담아 그랬던 건지 술만 마시면 고래고래 노래를 불렀다. 내가 주로 술을 마셨던 곳은 명동 뒤편의 몇몇 식당과 한남동의 '개골목'이란 곳, 그리고 이대 앞 골목에 있던 '타는 목마름으로'라는 동동주를 파는 집이었다. 명동에서는 노래를 부르면 바로 쫓겨났고 '개골목'과 '타는 목마름으로'의 주인장들은 학생들이 오면 으레 노래를 부르는 거라고 생각한 것 같다.

우리는 가능하면 느린 노래는 부르지 않았다. 흥이 나는 노래를 살리고, 살리고, 분위기를 더 풍성하게 살릴 수 있는 노래를 누군가 선창을 하면 다 같이 합창을 했다.

엠티 때도 예외는 아니었다. 술을 마셨고 노래를 불렀다. 쌓인 걸 오로지 노래로 푸는 시절, 술을 못 마시는 사람도 노래만은 열심히 불렀다.

날이 어두워지기 전, 산에서 내려와야 했다. 뒷정리를 하던, 동기이지만 나이가 좀 있는 언니가 나더러 술이 남았으니 잘 챙기라고 했다. 귀찮았지만 나는 백팩 안에 뚜껑을 따지 않은 소주병을 넣었다. 여섯 병 정도 됐다. 술병 때문에 어깨가 내려앉는 것 같았다.

우리 집은 이대역에서 내리면 조금 가깝고 신촌역에서 내리면 조금 먼 거리였다. 그날은 과제 때문에 책을 한 권 사야 해서 신촌역에서 내려 지하에 있던 서점으로 향했다. 내가 조금 빨리 걸으면 백팩 안에서 병 부딪히는 소리가 났다.

"잠깐만."

누군가 내 가방의 손잡이를 꽉 잡았다. 나는 나를 둘러싼 두 명의 남자를 돌아보았다. 그들도 청바지에 티셔츠를 입고 있었지만 그 짧은 순간, 나는 그들이 누군지 알 것 같았고 겁이 덜컥 났다. 그들 중 한 명이 가방 좀 보자고 했는데, 나는 왜 그랬는지 모르겠지만 백팩이 열리지 않게 꽉 쥐었다.

행인 중 몇몇 젊은 남자들이 내가 곤경에 처하는 줄 알고 발을 멈췄다. 한 남자가 무섭게 인상을 찌푸리며 당장 가방을 열라는 말과 동시에 내 가방을 빼앗아 갔다.

"병이지?"

지금 생각해 보니 그것은 생략의 말이었다. "화염병이지?"였을 것이다. 윽박지르는 듯한 그 남자의 말에 나는 분명히 말했다.

"아니에요! 소주병이에요!"

내 목소리가 너무 작았나. 사복 경찰 두 명이 내 가방을 빼앗아 지퍼를 열었다. 이어 아주머니 몇 분이 긴장감 가득한 얼굴로 내가 곤경을 당하는 걸 도와주기 위해 발을 멈췄던 것 같았다.

가방이 열렸다. 맑은 액체가 든 소주병이 무려 6개가 나왔다. 먹다 만 새우깡 봉지도 나왔다. 행인들은 나를 힐끔 쳐다본 후 자신들의 갈 길을 갔다. 사복경찰은 지퍼를 닫은 후 나에게 가방을 건넸다.

"새우깡 가지고 안주가 되겠어?"

나는 이 일을 재미삼아 여기저기 털어놓기도 했는데, 시간이 지날수록 아찔한 생각이 들었다. 그날은 운이 좋은 날이었다. 가방 안을 안 보여 주겠다고 계속 실랑이를 했다면 나는 사복 경찰들에게 무자비하게 제압당했을 것이다.

화염병으로 오해를 받은 소주 6병과 새우깡이 어떻게 처리가 됐는지 기억이 안 난다.

때는 바야흐로 1990년 봄이었고, 많은 사람들이 페레스트로이카와 고르바초프에 대한 이야기를 화제로 삼을 때였지만 내 기억에는 미개하고 무서운 시절이었다.

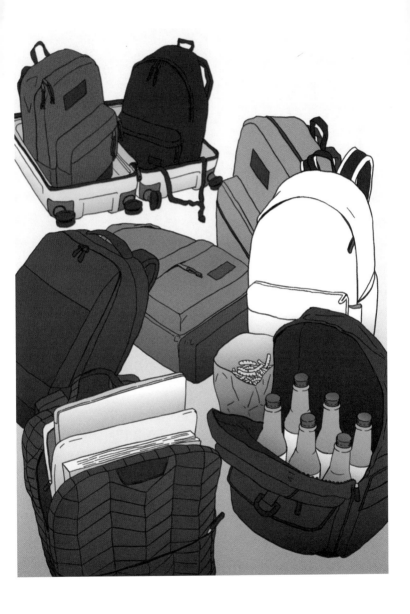

강아지
용품

2003년 2월부터 2020년 2월까지 만 17년을 동고동락
을 한 반려견 '순풍'이가 있었다. 순풍이는 어느 가정집에서
태어난 요크셔테리어였다. 함께 살기로 결정한 날부터 일
주일 넘게 아기 강아지는 밥도 물도 잘 안 먹고 종일 울었
다. 강아지의 맨 처음 이름은 지니였지만 나는 개의 이름을
순풍으로 바꿔 불렀다.

순풍.

순풍에 돛단 듯 순탄한 인생을 살라고 붙인 이름이다. 거
짓말처럼 지니야, 라고 부르면 쳐다보지 않다가 순풍아, 라
고 부르면 나를 딱 돌아봤다.

순풍이는 집에 오는 모든 사람을 좋아했다. 가족과 친구
는 물론 우체부 아저씨, 경비 아저씨, 소독하거나 가스 검침

을 하는 모든 분들을 열렬히 환영했다.

그런데 복도식 아파트에 살 때 현관문을 세게 닫고 출근을 한 적이 있었다. 일이 끝나고 오후 7시경쯤 집에 돌아왔는데, 한 뼘 정도 현관문이 열려 있었다. 굉장히 불길한 느낌이 들었다. 도둑이 들었나 싶어 문을 활짝 열고 현관 밖에서 집 안을 기웃거렸다. 그때, 마룻바닥에 발톱 긁는 소리를 요란하게 내며 순풍이가 전속력으로 달려왔다. 나는 순풍이를 바짝 안아 들었고 혹시 집 안 어딘가에 숨어 있을지도 모를 도둑 때문에 다시 복도로 나갔다. 마침 옆집 아줌마가 쓰레기를 버리러 나오길래 나는 문이 열려 있어 걱정이라고 말했다.

"아침부터 계속 열려 있던데?"

"정말요?"

"그래, 나는 일부러 열어둔 줄 알았지."

옆집 아줌마는 쓰레기를 버리러 내려갔고, 나는 그 작은 18평짜리 작은 아파트에 혹시라도 누가 숨어 있을지 모른다는 생각에 장 안까지 살폈다.

현관문을 너무 세게 닫으면 현관문이 도

로 열릴 수 있다는 걸 그때 알았다. 나는 당시의 상황이 신기할 뿐이었다. 바깥세상을 너무 좋아해서 밖에 나가면 들어오기 싫어하는 강아지가 문이 열려 있는데도 밖에 안 나갔다는 건 정말 놀라운 일이다. 순풍이도 안 걸까. 집 나가면 개고생이란 걸.

2003년생 순풍이는 2017년이 되자 급격하게 시력이 떨어졌고 이어 청력도 상실했다. 치매견으로 만 3년 이상을 지냈다. 그럼에도 치아가 튼튼해서 그런 건지 무엇이든 잘 먹고 소화도 잘 시켰다. 순풍이를 본 동네 할머니가 혀를 끌끌 차며 말했다.

"아이고야, 얘도 살 날이 얼마 안 남았구나."

할머니는 순풍이 머리를 쓰다듬으며 가여워했다.

순풍이가 똥, 오줌을 가릴 수 없는 상황이 됐을 때부터 나는 어찌할 줄 몰랐다. 나갔다 들어오면 집 안이 참혹했다. 그래서 집을 비울 때는 육각 울타리 안에 넣었다. 그냥 두고 나오면 종일 벽과 가구에 머리를 찧고 자신의 배변을 밟고 다녔다.

반려동물 카페에서 기저귀를 사용하라고 알려 주었다. 그리고 기저귀가 흘러내릴 수 있으니 허리에 테이프를 꼭 감으라고 했다. 기저귀를 사용할 때와 사용하지 않을 때의 차이는 엄청났다. 고맙게도 순풍이는 기저귀 발진 같은 게 생기지 않았다.

볕이 좋은 어느 가을날에 뼈만 앙상하게 남은 순풍이를 이불에 싸서 밖으로 나갔다. 죽기 4개월 전이었다. 4킬로그램이 나갔던 강아지가 1.5킬로가 되었다. 그동안 산책이 불가능해서 집 밖으로 나올 일이 없었다. 추워지기 전까지 이렇게 하루에 한 번이라도 바람을 쐬게 해줘야겠다고 결심했다.

"순풍아, 바람 좋다. 그치?"

눈 하나는 사라졌고 하나 남은 눈마저 희멀건 했다. 그러나 신기하게도 윤기를 잃은 회색 콧구멍이 맹렬하게 벌름거리더니 바람을 한껏 느끼고 있었다. 개의 후각은 아직도 젊고 싱싱하게 살아 있었다. 무슨 생각을 하는 거지? 개의 상한 두 눈에서 눈물이 흘렀다.

"왜 울어?"

개가 머리를 내 가슴 쪽으로 돌렸다.

2020년 2월에 개는 떠났다. 나도 우리 가족도 많이 울지 않았다. 이젠 고통에서 자유로워지겠지. 그런데 뭐랄까. 가슴에서 꺼낼 수 없는 크고 무거운 것이 자리를 잡고 있었다. 나는 아직도 순풍이를 보낸 뒤에 애도를 제대로 못 한 건 아닌가 그런 생각을 할 때가 많다.

짐을 정리하다가 순풍이가 쓰던 기저귀를 나눔을 하기로 했다. 개봉을 하지 않은 새 기저귀였는데, 부피를 제법 차지했다. 치매견을 키우는 분이 연락을 해왔다. 나는 사이즈가 맞는지 확인한 후 우리 집 주소를 공유했다.

나눔을 받는 분의 개도 18살이었고 시력을 잃었다고 했다.

"강아지 식욕은 어때요?"

"아주 왕성하죠."

"다행이네요. 아직은 건강한 거예요."

"맞아요, 아직 건강하죠. 개 애기 때부터 내가 닭가슴살 넣은 황태국을 끓여 먹였어요. 몸보신을 어려서부터 많이 해서 그런가. 근육도 튼튼하고 이빨도 하나 빠진 게 없어요. 근데 우리 집엔 치매 환자가 둘이에요. 저희 시어머니도 치매고 우리 강아지도 치매고. 기저귀 갈아 대다가 내가 먼저 죽을 거 같아요. 사실 치매견 키우는 건 일도 아니에요. 갱년기까지 와서 요즘 너무 힘든데… 날 도와주는 사람은 하나도 없고. 밥 처먹고 지 밥그릇 하나 설거지하는 새끼가 없어요…."

아!! 내가 다 한숨이 나왔다. 나는 태업 선포를 하라고 그래야 가족들이 도와주지 않겠느냐고 말하고 싶었다. 그때 앞집 문이 열리며 아주머니가 나왔다. 나는 무슨 말이라도 해야 하는데, 마음과 달리 끝내 위로의 말을 건넬 수 없었다.

물건을 주고받는 데 걸린 시간은 길어봤자 1~2분이었을 것이다. 그런데 그 짧은 시간 동안 우리는 정말 많은 이야기를 주고받은 것 같았다.

힘펠
환풍기

내가 사는 아파트는 20년이 된 구축인데, 욕실이 UBR이었다. UBR은 조립된 욕실로 변기, 욕조, 수납장 등이 일체형이란 뜻. 일본에서 개발된 UBR은 지진이 잦은 일본에서 건물이 무너져도 인명 피해를 최소화할 수 있도록 타일 등을 플라스틱 패널로 대체한 것이다.

공사를 맡은 담당자가 UBR 욕실 공사는 일반 욕실보다 까다롭다고 했다. 일단 철거가 큰일이고 배관과 방수 등의 추가 작업이 있다고 했다. 덧방이라는, 기존 타일에 새 타일을 붙이는 방식도 생각했는데, 덧방은 일반욕실에서는 가능하지만 UBR 욕실은 어려워 무조건 철거부터 시작해야 한다고 했다.

거실과 안방 욕실 두 개를 리모델링하기로 결정했다. 일은 전문가들이 하고 나는 타일과 도기를 골랐다. 이것도 예쁘고, 저것도 예쁜데 뭘 해야 하나 고민을 하다가 언제나 그렇듯 가장 무난하고 질리지 않는 모델을 선택했다. 블랙 앤 화이트와 그레이 앤 화이트로.

그러나 이럴 수가 있는가! 리모델링이 끝난 욕실에서 샤워를 하다가 나는 너무 추워 덜덜 떨고 말았다. 겨울이란 걸 감안하더라도 추워도 보통 추운 게 아니었다. 물기를 닦고 나와 생각했다. UBR은 일체형이니 열이 덜 빼앗겼던 것인가.

고도리와 남 집사도 이전과 비교해서 춥다고 했다. 나는 욕실에 들어갈 때마다 그 차가운 기운에 질려 버릴 지경이었다. 손 씻고 이 닦는 것까지는 괜찮지만 세안을 할 때도 덜덜 떨렸다.

인터넷으로 검색을 했다. 벽에 욕실용 램프를 다는 방법이 있었다. 가격도 싸고 매우 따듯하다고 했다. 그러나 새로 고친 욕실에 선풍기처럼 생긴 램프를 달고 싶지 않았다. 정보 공유 카페에서 나와 똑같은 고민을 하던 사람이 힘펠의 온풍기를 설치했다는 글을 보았다. 평상시에는 환풍기로 쓰다가 날이 추울 때 온풍을 조절해서 쓰면 욕실 내 온도가 올라간다는 것이다. 물건을 구매한 사람들은 매우 만족했다. 문제는 가격이었다.

몇 날을 고민하고 있으니 남 집사가 자신의 용돈을 자진 기부해 온풍기를 달아 주었다. 그 바람에 기존 환풍기는 사용을 안 하게 됐다.

나는 그 환풍기를 나눔을 하기로 했다. 예전 같으면 귀찮아서 그냥 재활용통에 넣었을 것이다. 사실 버리는 것이 모르는 사람에게 나눔을 하는 것보다 훨씬 편하다. 하지만 당근을 이용하면서 쓸 만한 건 대부분 나누게 됐다. 나눔 글을 올리자마자 세 분이 가져가겠다고 했는데, 나는 우리 집 앞 J 아파트에 거주하시는 분에게 드리기로 했다. 대화를 그대로 옮겨 보면 이렇다.

- 안녕하세요? 환풍기 받고 싶어서 쳇 드려요. 저희도 ○○초 근처라 당장이라도 받으러 갈 수 있습니다.
- 네, 안녕하세요? 사진 보셨나요? 딱 저 상태인데 설치 가능하실까요? 그리고 먼지가 묻어 있을 수 있어요. 사진 한번 보셨으면 합니다 ^^
- 네~ 현재 같은 환풍기 사용 중인데 노후가 되었는지 소리가 커서요. 드림 주신다면 잘 사용하겠습니다.
- 그럼 언제 가져가실 건가요? 제가 깨끗이 닦아 드리지 못해 죄송해요.

- 지금도 괜찮습니다만 너무 늦었나요? J 아파트입니다.
- 문 앞에 두겠습니다. ^^ 오시기 전에 톡 한 번 부탁드릴게요.
- 네 감사합니다. 많이 늦지 않았다면 지금 가질러 가도 될까 요?
- 네, L 아파트 ○○○동 ○○○호입니다. 지금 내놓을게요.

그분은 물건을 가져가면서 또 톡을 또 남겼다.

- 잘 쓸게요. 감사합니다. 갑자기 가는 바람에 드릴 것이 없어 소금이라도 받아 주셔요. 현관 앞에 살포시 놓고 왔습니다. 따뜻한 밤 보내세요.

아, 다시 읽어 봐도 훈훈한 대화로다. 그리고 가장 이상 적인 나눔의 대화가 아닐까 싶다.

지금은 소금이 귀한 시절이다. 선물로 주신 소금을 개봉 해야겠다.

tmi

새로 단 온풍기를 대책 없이 켜놨다가 전기료 폭탄을 맞을 수 있다. 고 도리와 남 집사에게 아무 때나 온풍기를 쓰지 말라고 했다. 너무 추워서 이 가 덜덜 떨리는 날에만 쓰라고 했다. 20대 젊은이 고도리는 온풍기를 아예

틀지를 않았고 40대 중년의 남 집사가 안 트는 척하면서 틈틈이 온풍기를 사용한다. 그러는 나는?? 추위를 견디지 못하는 나는 겨울이면 거의 매일같이 사용하고 있다. (아, 우리 식구들이 이걸 읽으면 안 되는데...!)

#나무목발나눔 #반깁스에서통깁스로

나 잡아 봐라의
피해자

남 집사는 술 마시는 걸 좋아하지 않는다. 나는 일이 끝났을 때 남 집사와 맥주라도 한 잔 마시고 싶은데, 그 부탁을 들어주지 않을 때가 많다.

"한잔하자."

"술 마시면 근육 빠져."

"그놈의 근육 타령."

"알았어. 한 병만 나눠 마시자."

그날은 웬일인지 우리는 집 앞 식당에서 소고기에 소주 한 병을 마셨다. 일 년에 한두 번 있을까 말까 한 일이었다. 그날은 기분이 좋았고 몸이 날아갈 것 같은 기분이 들었다. 적당한 취기 때문일 것이다.

"달리기할래?"

나는 나 잡아 봐라라도 찍는 듯 잽싸게 뛰었다. 당시 집
에 먼저 도착한 사람이 문을 잠그는 그런 덜떨어진 짓을 하
곤 했다. (맹세코 요즘은 그런 짓 안 한다.) 그런데 너 잡아 보
겠다며 뛰어 와야 할 남 집사가 허리를 숙이고 있었다.

"왜?"

"아, 뭐가 이렇게 아프지?"

"어디가?"

"발목이 꺾였는데… 뚝 소리가 났어?"

"뚝 소리? 그럼 부러진 거야?"

"아니, 부러졌으면 이렇게 못 서 있지. 암튼 가자."

남 집사는 절뚝거리며 집으로 왔다. 나도 하이힐을 신고
얼음 위에서 미끄러진 적이 있었다. 서른두 살 때였다. 높은
굽에 대한 집착이 있던 시절, 얼음판에서 딱 넘어졌을 때 세
상이 쪼개지는 느낌을 받았고 몇 분간 그대로 주저앉아 있
었다. 통증 때문에 온몸이 식는 느낌이었다. 친구가 응급차
를 불렀다. 나는 너무 아파 계속 울었고 핀을 박는 수술을
하느라 꽤 오래 고생을 했다. 나는 남 집사의 상태를 보고
별일 없을 거라고 생각했다. 남 집사는 울지 않았기 때문에.

"와, 내 발!"

다음 날 아침에 남 집사의 발은 풍선처럼 부풀어 있었다.
발가락 주름이 안 보일 정도로 통통해졌다.

"발이 왜 이렇게 귀엽냐."

"장난해? 나 진짜 아파. 병원에 가야겠어."

"그…그…래. 미안. 병원에 가야지."

엑스레이를 찍어 보니 발등뼈에 금이 갔다고 했다.

"뚝 소리가 금가는 소리였던 거야?"

남 집사는 반깁스를 했고, 차로 다니기 때문에 목발을 구매하지 않았다. 그런데 우리는 무슨 이유인지 모르겠지만 깁스한 날 장난기가 발동해서 무슨 물건인가를 서로 갖겠다며 몸 씨름을 했다.

새벽에 일어난 남 집사가 울 것 같은 얼굴로 발이 너무 아프다고 했다. 반깁스를 풀고 보니 발이 더 부은 것 같았다.

"헉… 왜 이래?"

"몰라. 어제 장난칠 때 발이 되게 아팠어."

다음 날 정형외과 선생님이 퉁명스럽게 말했다.

"아니, 금간 곳이 왜 이렇게 벌어진 거죠? 뭘 하신 거예요?"

부끄러워서 차마 말도 못하는 사이, 남 집사의 반깁스는 통 깁스로 바뀌었다. 남 집사는 보는 사람마다 고은규가 자기 다리를 이렇게 만들었다고 말했다. (시인 C, 시인 O, 시인 K, 소설가 E, 소설가 O가 이 만행을 들었다.)

그때 나무 목발을 샀다. 남 집사의 다친 발이 오른발이라 내가 운전을 해서 데려다 줘야 했다. 이동을 할 때는 목발을 쓰기도 했지만 대체로 목발 없이 한 발로 콩콩 뛰어 이동했다.

다용도실에 그 나무 목발이 있었다. 남 집사에게 미안하지만 나무 목발을 볼 때마다 철없는 우리가 생각나 슬쩍 웃었다.

목발 같은 걸 필요로 하는 사람이 있을까 싶었지만 혹시 몰라 나눔으로 올려 두었다.

한 달 정도 지났을 때 목발이 필요해서 나눔을 받고 싶다는 분이 계셨다. 나는 나눔을 할 때는 가능하면 예쁜 포스트잇에 와주셔서 고맙다는 메시지를 쓰는 편이다.

솔이 님, 와주셔서 감사합니다. 좋은 하루 보내세요. ♥

나는 이런 메시지 말고 왜 목발을 쓰게 됐는지 그 이야기를 전해 주고 싶은 작은 충동이 일었다. 그러나 충동은 충동일 뿐 행동으로 옮기지 않았다. 그때의 일을 여기에 적는 걸로 충분하다.

먹성 좋은
아이들

요리를 꾸준히 하는 편이 아
니다. 어떤 때는 건강을 생각
하여 이것저것 만들 때도 있
지만 대체로 남의 정성이 담
긴 음식을 먹을 때가 더 많았
다. 그럼에도 이상도 하지. 조리
도구 등에는 관심이 많이 간다. 혹
해서 구매한 다지기 도구, 채칼 등은 괜찮다, 부피가
크지 않기 때문에. 문제는 그릴 류이다.

내가 가진 그릴은 모두 훌륭한 제품이었다. 특히 통돌이
같은 것은 통 전체가 돌아가며 고기를 구워 캠핑처럼 야외
에서 사용하면 참 요긴했다. 그러나 나는 캠핑족이 아니고

고기도 자주 구워 먹지 않는다. 우리 집에 제일 적합한 건 30㎝ 프라이팬과 고기를 적시 적소에 뒤집을 수 있는 내 두 손이었다.

성능이 탁월했지만 자이글은 나눔의 물품이 되었다. 당근마켓에 자이글을 판다는 글이 꽤 올라왔다. 상품 설명을 보니 나처럼 사두고 잘 쓰지 않은 거의 새 상품이라는 설명이 많았다.

나에게 나눔을 받겠다는 사람은 버스로 두 정거장 거리에 사는 사람이었다.

- 담아갈 백을 가져오셔야 해요. 문 앞에 두겠습니다.

나눔을 받는 분은 약속 시간에 와서 물건을 가져갔다. 그런데 뭔가 찜찜하다 싶었다. 집 안을 둘러보니 싱크대 위에 자이글 기름받이가 있는 게 보였다. 기름받이를 빼고 보내다니! 나는 톡을 보내 어디에 계시냐고 물었다. 다행히 그분은 우리 집 앞 버스 정류장에 있었다. 나는 기름받이를 들고 집을 나섰다.

나는 모처럼 전력질주를 하느라 숨이 턱까지 찼다. 커다란 쇼핑백을 든 여자가 보였다.

"아, 이걸 빼놔서."

"문 앞에 두면 제가 다시 가져갔을 텐데요."

"번거로우시잖아요."

"나눔 해주시는데 이 정도 수고는 얼마든지 할 수 있지요."

생각해 보니 설명서도 안 챙긴 것이 떠올랐다.

"저, 죄송해요. 제가 설명서도 빼놨네요."

집에까지 다녀올 생각을 하니 기운이 빠졌다.

"괜찮아요. 설명서 없어도 돼요. 사실 집에 자이글이 두 개 더 있어요."

"두 개나요?"

"우리 집에 장래 희망이 먹방러인 아이가 셋이 있어요."

"아…."

"진짜 애들이 어마어마하게 먹어대요."

구매자의 얼굴이 갑자기 어두워 보였다.

"고깃집 가면 한 달 식비 다 쓰고 와요. 그래서 집에서 고기 주고 알아서 구워 먹으라고 하거든요. 전 이 자이글 잘 썼어요. 고기가 익었는지 안 익었는지는 잘 안 보이긴 했는데, 그건 우리 애들이 다 아니까. 일단 집에 기름 냄새가 안 나니까 너무 좋더라고요."

장래 희망이 먹방러인 3명의 아이들이 고기를 먹는 모습을 생각하니 웃음이 났다. 괄시받던 내 자이글이 누군가의 집에서는 제 몫을 다할 거란 생각을 하니 그저 좋았다. 이 것이 나눔의 효용이다. 누군가에게는 필요치 않아도 누군 가에는 이렇게 유용하게 쓰이는 것.

절도 있는
문장

　어느 날, 고도리가 침대 프레임을 빼고 매트리스만 사용
하고 싶다고 했다. 친구 집에 갔다가 매트리스만 있는 게
좋아 보였던 모양이다. 나도 어느 한 시절에 프레임을 제거
하여 머리맡이 그냥 벽인 채로 침대를 쓴 적이 있었다. 창
문과 머리 사이를 막아 주던 프레임이 빠지니 찬기가 이불
속으로 스몄음에도.

　고도리의 침대는 슈퍼 싱글이었고 하단에는 서랍이 네
개나 있었다. 그 서랍이 수납 기능을 톡톡히 했다. 그러나
본인이 원하는 대로 매트리스만 쓰라고 하고 침대 프레임
은 나눔을 하기로 했다. 침대를 구매한 지 3년 정도 되었지
만 거의 새 물건이었다.

　상품 설명을 자세히 써서 나눔을 한다고 올리니 제일 먼

저 문의를 한 사람이 당장이라도 가져갈 것 같이 톡을 했다. 그런데 나는 그 문의자의 매너 온도가 신경이 쓰였다. 활동을 막 시작하는 이용자의 매너온도는 36.5도인데, 그는 35.1도였다. 그와 거래했던 사람들이 불만족을 체크했거나 비매너를 눌렀을 가능성이 있다. 아니면, 팔지 말아야 할 물품을 팔았을 경우 신고가 들어가면 매너 온도가 낮아진다고 한다. (참고로 모조품, 다이어트 관련 약품, 개봉이 된 음식, 영양제, 종량제 쓰레기봉투는 판매 금지 품목이다)

그런데 아니나 다를까. 35.1도 이 양반은 아무리 기다려도 오지 않았고 내가 보낸 톡도 열어 보지 않았다. 약속을 너무 가볍게 여기는 사람이었다. 나는 다음 대기자에게 물건을 가져갈 수 있냐는 톡을 보냈다.

- 카니발에 실릴까요?
- 잘 모르겠습니다. 상품 상세 사이즈를 적었으니 직접 판단해 주세요.
- 될지 안 될지 모르겠네요. 아! 고민 ㅠㅠ

나는 이런 사람들을 은근히 많이 봐서 그러려니 했다. 세 번째 문의자가 톡을 보냈다. 나는 언제 침대를 가져갈 수 있는지 물었다. 그는 첫 번째와 두 번째 사람과 다르게 매우 분명한 느낌이 들었다. 아마도 '다나까' 체를 써서 그런 것 같았다.

- 오늘 퇴근 후에 가져가겠습니다.
- 죄송하지만 저는 8시 30분에 도착합니다. 괜찮습니까?
- 저는 2분 후에 도착합니다.

이모티콘 하나 없는 상대방의 문장에서 절도가 느껴졌다.
나의 중고거래에 자주 동원되는 고도리와 남 집사는 매트리스를 걷어내고 침대 프레임을 분해했다. (한 번쯤 귀찮다고 툴툴거릴 만도 한데, 내 부탁을 다 들어주는 남 집사와 고도리 사랑해!)

우리는 시간에 맞춰 분해한 프레임을 1층으로 옮겼다. 깜빡이를 켠 탑차 한 대가 출입구 앞에 섰다. 운전하는 사람은 한국인이었고 다른 한 명은 외국인이었다. 그들은 뭔가 신나 보였다.

"탑차를 빌리신 건가요?"
"아닙니다. 저분은 우리 대학의 친구입니다."

남성들이 합심해서 탑차에 프레임을 올

렸다. 외국인 남성이 말했다.

"훌륭한 물건입니다."

"아, 그 정도는 아닌데….'"

"나눔을 해주셔서 감사합니다. 요긴하게 쓸 수 있겠습니다."

"네, 서랍장이 있어서 물건 수납하기는 좋을 거예요."

"오늘은 통천지수의 날입니다."

나는 '통천지수'란 말에 웃음을 터뜨릴 뻔했다.

남 집사는 구매자에게 싱글 침대를 분해하는 과정을 찍은 사진을 여러 장 보여 주었다. 그리고 나사를 챙겨 주며 말했다.

"공구는 있지요? 드라이버나 전동 드릴 같은 것….'"

"네, 있습니다."

"이 사진대로 하면 돼요. 어렵지 않을 거예요."

"네, 친절히 알려 주셔서 정말 감사합니다."

그는 어디서 한국어를 배운 걸까. 나도 깍듯하게 "안녕히 가세요" 대신 "안녕히 가십시오"라고 말해야 할 것 같았다.

몇 해 전, 남 집사가 시어머니가 계신 LA로 나가 살 수도 있을 것 같단 말을 했다. 확정된 건 없었지만 나는 그 말을 듣고 혼자서 괜히 심란해했다. 그리고 몇 해 동안 한국어

교원 자격증을 취득하는 데 노력을 기울였다.

나는 한국에서 안전하게 살다가 죽는 것이 꿈이지만, 혹시 몰라 타국으로 가게 된다면 한국어를 가르쳐야겠다는 일념으로 자격증을 취득한 것이다. (미국에서 백수로 지낼 순 없단 생각을 하다니! 내가 생각해도 나는 먹고사는 문제에 대해 정말 불안도가 높은 인간이 아닐 수 없다. ㅠㅠ) 그때, 외국인들이 한국어를 배우기 위해 어떻게 문법을 배우고 어떤 노력을 기울여 생활에 적용하는지 알게 되었다.

어미가 다양하게 발달한 한국어를 배우려면 얼마나 머리가 복잡했을까. 한국인도 잘 쓰지 않는 '통천지수'를 아는 외국인을 만난 건 꽤 재미있는 경험이었다.

나오며

온라인 쇼핑으로 화장품을 구매한 건 2000년 어느 봄날이었다. 1999년을 보내고 맞은 2000년은 뭔가 새롭고 좋은 일이 마구 일어날 것만 같은 분위기였다. 당시 나는 독립세대주였고 이직한 회사에 적응을 하는 중이었다. 그런데 강남에 있던 회사가 여의도로 이전을 하는 바람에 출퇴근이 힘들어졌다.

당시는 주 6일 근무를 했다. 평일은 미팅과 야근과 회식 등으로 자정이 넘어 집에 들어올 때가 많았다. 토요일은 오후 2시까지 회사에 묶여 있다가 주중의 고된 노동에 대한 보상이라도 받겠다는 듯 거의 새벽까지 음주가무를 즐겼다. 그러니 일요일은 늘 밀린 잠을 자느라 쓰러져 있었고 정신을 차리면 상점이 문을 닫는 밤이었다.

월요일 출근 준비를 하던 나는 파운데이션을 구매하지

못했다는 생각에 한숨을 푹 쉬고 젓가락과 스트로우를 가져와 남은 파운데이션을 긁어 썼다. 그때는 왜 그리 진한 화장을 하고 다녔는지 모르겠다. 젓가락과 스트로우에 묻은 파운데이션을 얼굴에 꼼꼼히 바르고 회사에 나가면, 이리저리 불려다니느라 생필품을 사야 한다는 생각을 하지 못했다. 그런데 동료가 점심시간 즈음 화장품을 택배로 받는 걸 보았다. 2000년 5월은 온라인 쇼핑이 지금만큼 활성화되지 않았던 시기였다.

"그거 뭐야?"

"화장품."

"어디서 샀어?"

"인터넷."

나는 동료가 알려 주는 쇼핑몰 주소를 받았다. 이후 나는 두 가지 이유로 놀랐다. 하나는 오프라인보다 싼 가격이었고 또 하나는 이틀 안에 택배로 화장품을 받을 수 있다는 것이었다. 신세계를 만난 느낌이었다.

당시 도서는 알라딘 등의 인터넷 서점을 통해 샀지만 다른 물품을 온라인으로 산 건 처음이었다. 구매한 물건을 택배로 받았을 때 내 몸에서 행복 호르몬이 한껏 분출됐을 것이다. 이렇게 편리할 수가.

회사에서 일을 하다가도 집에 필요한 것들을 장바구니에 넣었다가 결제를 했다. 원하는 물건을 빠르고 값싸게 구하는 건 당시의 나에게 여러모로 이득이었다. 단지, 회사로 택배가 계속 오니 선배에게 한소리를 들었다.

"근데 넌 뭘 그렇게 매일 같이 사는 거냐?"

"아, 오늘 온 건 치약하고 샴푸예요."

"그런 건 동네에서 사면 되잖아."

"퇴근하면 슈퍼가 문이 닫혀서요."

그런데 몇 달 뒤 그 선배도 인터넷 쇼핑을 했고 적지 않은 물건을 회사로 배송 받았다.

나는 파운데이션을 스트로우로 긁어 쓰지 않았다. 이젠 한 통을 다 쓰기도 전에 비슷한 파운데이션이 여러 개 쌓였다.

2000년에 시작한 온라인 쇼핑이 2023년 현재까지 이어졌다. 나는 인터넷 쇼핑에 매우 익숙한 사람이 되었고 물건을 잘 고르는 축에 속했다. 그리고 오프라인보다 늘 싸게 구매했다는 것에 만족감을 느꼈다. 그렇다면 온라인 쇼핑이 시간과 비용 면에서 나에게 많은 이익이 된 것일까. 나는 알고 있었다. 편리하고 싸다는 이유로 많은 물건을 사들였고 게다가 나는 '예쁜 쓰레기'에도 선호도가 높았다는 것을.

이러한 소비 습관이 20년 넘게 누적이 되니, 바람직하지 않은 점이 발견이 되었다. 일단 돈이 샜고 집 안 곳곳에 물건이 쌓였다.

그러다 어느 날부터인가. 나는 내가 가진 물건을 다 꺼내서 분류하는 시간을 가졌다. 그리고 엑셀에 내가 가진 물건을 적었다. 그랬더니 소비의 규칙이 생겼다. 사고 싶은 물건이 생기면 이전처럼 쉽게 구매하지 않았다. 똑같지는 않지만 대체가 될 물건이 집 안 어딘가에 있는지 찾기 위해 서랍을 열거나 엑셀 파일을 뒤졌다.

블랙 니트 스커트를 하나 사려고 하다가 나는 옷장 문을 활짝 열고 블랙 스커트가 여러 벌이란 걸 알아차렸다. 멋쟁이들은 블랙도 같은 블랙이 아니라고 하겠지만 나는 '대체'의 즐거움을 누릴 줄 알게 되었다. 이 즐거움을 진작부터 알고 있는 사람들이 있을 것이다.

나는 오늘 이 글을 쓰고 컵 정리를 할 생각이다. 사은품으로 받은 유리잔과 머그컵이 너무 많다. 5년째 한 번도 안 쓴 접

시도 잔뜩 있다. 나눔을 하면 상부장 한 칸이 남을 것 같다. 그리고 27㎝ 스텐 팬 하나를 구할 것이다. 스텐 팬에게 패해 내 스텐 팬을 당근마켓에 판매했지만 나는 지금 패자 부활전을 준비하고 있다.

청색지산문선 8

당근에 너를 보낼래

고등어 작가의 중고거래 실전기

고은규 에세이

초판 1쇄 발행 2023년 8월 28일

지은이   고은규
일러스트   라디오 잼
펴낸곳   청색종이
펴낸이   김태형
인쇄   범선문화인쇄
등록   2015년 4월 23일 제374-2015-000043호
주소   서울시 영등포구 문래동2가 14-15
전화   010-4327-3810
팩스   02-6280-5813
이메일   bluepaperk@gmail.com
홈페이지   bluepaperk.com

값 13,000원